estorvo

estorvo

romance   3ª edição

chico buarque

estorvo 9

Fortuna crítica 163

165 Benedito Nunes

167 Roberto Schwarz

173 Sérgio Sant'Anna

177 Marisa Lajolo

183 Augusto Massi

195 José Cardoso Pires

Sobre *Estorvo* 199

Sobre o autor 203

estorvo, estorvar, exturbare, distúrbio, perturbação, tor-vação, turva, torvelinho, turbulência, turbilhão, trovão, trouble, trápola, atropelo, tropel, torpor, estupor, estropiar, estrupício, estrovenga, estorvo

1

Para mim é muito cedo, fui deitar dia claro, não consigo definir aquele sujeito através do olho mágico. Estou zonzo, não entendo o sujeito ali parado de terno e gravata, seu rosto intumescido pela lente. Deve ser coisa importante, pois ouvi a campainha tocar várias vezes, uma a caminho da porta e pelo menos três dentro do sonho. Vou regulando a vista, e começo a achar que conheço aquele rosto de um tempo distante e confuso. Ou senão cheguei dormindo ao olho mágico, e conheço aquele rosto de quando ele ainda pertencia ao sonho. Tem a barba. Pode ser que eu já tenha visto aquele rosto sem barba, mas a barba é tão sólida e rigorosa que parece anterior ao rosto. O terno e a gravata também me incomodam. Eu não conheço muita gente de terno e gravata, muito menos com os cabelos escorridos até os ombros. Pessoas de terno e gravata que eu conheço, conheço atrás de mesa, guichê, não são pessoas que vêm bater à minha porta. Procuro imaginar aquele homem escanhoado e em mangas de camisa, desconto a deformação do olho mágico, e é sempre alguém conhecido mas muito difícil de reconhecer. E o rosto do sujeito assim frontal e estático embaralha ainda mais o meu julgamento. Não é bem um rosto, é mais a identidade de um rosto, que difere do rosto verdadeiro quanto mais você conhece a pessoa. Aquela imobilidade é o seu melhor disfarce, para mim.

Recuo cautelosamente, andando no apartamento como dentro d'água. Escorregarei de volta para a cama, e creio que o sujeito acabará desistindo, convencido de que não há ninguém em casa. Mas nem bem ultrapasso a divisória imaginária do meu quarto e sala, e a campainha toca outra vez. Não posso dormir com a imagem daquele homem fixo na minha porta. Volto ao olho mágico. Hei de surpreender uma imprudência dele, uma impaciência que o denuncie, que me permita ligar o gesto à pessoa. Mas enquanto estou ali ele não toca a campainha, não olha o relógio, não acende um cigarro, não tira o olho do olho mágico. Agora me parece claro que ele está me vendo o tempo todo. Através do olho mágico ao contrário, me vê como se eu fosse um homem côncavo. Assim ele me viu chegar, grudar o olho no buraco e tentar decifrá-lo, me viu fugir em câmera lenta, os movimentos largos, me viu voltar com a fisionomia contraída e ver que ele me vê e me conhece melhor do que eu a ele. Porque eu sei apenas que ele não é o que pretende aparentar, um vendedor, um administrador, um distraído. E ele me conhece o suficiente para saber que eu poderia até receber um estranho, mas nunca abriria a porta para alguém que de fato quisesse entrar.

Agora ele já percebeu que é inútil, que não me engana mais, que eu não abro mesmo, que sou capaz de morrer ali em silêncio, posso virar um esqueleto em pé diante do esqueleto dele, então abana a cabeça e sai do meu campo de visão. E é nesse último vislumbre que o identifico com toda a evidência, voltando a esquecê-lo imediatamente. Só sei que era alguém que há muito tempo esteve comigo, mas que eu não deveria ter visto, que eu não precisava rever, porque foi alguém que um dia abanou a cabeça e saiu do meu campo de visão, há muito tempo.

O sono está perdido. Da janela do meu sexto andar posso espreitar a calçada do edifício. O homem logo aparece, para no meio-fio e não levanta os olhos para a minha janela, como eu faria se fosse ele. Com tanto tempo de espera no meu corredor, ele teria de arriscar mais uma olhadela. Qualquer um olharia para o sexto andar, mesmo sabendo que é inútil; olharia para confirmar que não há uma luz acesa, que não há uma toalha estendida no parapeito, olharia automaticamente, por um cacoete da esperança. Só não olharia se soubesse que está sendo olhado. Ele sabe que o vejo acenar para um táxi, embarcar no banco da frente e mandar pegar a primeira à direita. Enfio uma roupa às pressas, calculando que neste momento ele esteja parado no sinal vermelho da outra esquina. Calculando que eu esteja enfiando uma roupa às pressas, ele dirá ao motorista para avançar o sinal e virar à direita novamente e novamente e novamente. Completará a volta do quarteirão prevendo que eu esteja no elevador, ainda de camisa aberta. Mas eu me abotoo na janela, vendo o táxi completar a volta do quarteirão.

Ele estará saltando do táxi quando bato com força e definitivamente a porta do apartamento, o motorista mandando ele à merda por causa da corrida idiota. Ficará desapontado por não topar comigo na portaria. Perguntará ao porteiro por mim, que estou entre o quinto e o quarto andar, descendo a escada devagar porque as lâmpadas queimaram. O porteiro ouvindo rádio vai responder que não sabe da vida de ninguém no prédio. Chego ao segundo andar e ele entrará no elevador, depois de atochar o botão quarenta vezes. Perto do térreo cruzo com a luz da rua, que está subindo a escada pelas frontes dos degraus, ditas espelhos. No último lance dessa escada retorcida piso em falso;

piso na luz e atravesso desabalado a portaria, ele no meu corredor. Já não tocará a campainha; desintegrará a fechadura, eu na calçada oposta.

Não preciso olhar o sexto andar para saber que ele me vigia da minha janela. Verá que aperto o passo e sumo correndo na primeira à esquerda. E chamará o elevador, e chamará o táxi, mas não convencerá o motorista a me perseguir na contramão. Tentará uma paralela, mas eu emboco no túnel, alcanço outro bairro, respiro novos ares. Empacará no trânsito e eu subo as encostas, as prateleiras da floresta, as ladeiras invisíveis com mansões invisíveis de onde se avista a cidade inteira.

O vigia na guarita fortificada é novo no serviço, e tem a obrigação de me barrar no condomínio. Pergunta meu nome e destino, observando os meus sapatos. Interfona para a casa 16 e diz que há um cidadão dizendo que é irmão da dona da casa. A casa 16 responde alguma coisa que o vigia não gosta e faz "hum". O portão de grades de ferro verde e argolões dourados abre-se aos pequenos trancos, como que relutando em me dar passagem. O vigia me vê subindo a ladeira, repara nas minhas solas, e acredita que eu seja o primeiro pedestre autorizado a transpor aquele portão. A casa 16, no final do condomínio, tem outro interfone, outro portão eletrônico e dois seguranças armados. Os cães ladram em coro e param de ladrar de estalo. Um rapaz de flanela na mão abre a portinhola lateral e me faz entrar no jardim com um gesto da flanela.

A casa da minha irmã é uma pirâmide de vidro, sem o vértice. Uma estrutura de aço sustenta as quatro faces, que se compõem de peças de blindex em forma de trapézio, ora peças fixas, ora portas, ora janelas basculantes. As poucas paredes interiores de alvenaria foram projetadas de modo que quem entrasse no jardim poderia ver o oceano e as ilhas ao fundo, através da casa. Para refrescar os ambientes, porém, mais tarde penduraram por toda parte cortinas brancas, pretas, azuis, vermelhas e amarelas, substituindo o horizonte por enorme painel abstrato. Também originalmente, o pátio circular no bojo da casa abrigava um fícus, cuja copa emergia no alto da pirâmide frustrada. Sucedeu que a casa, quando ficou pronta, começou a abafar o fícus que, em contrapartida, solapava os alicerces com suas raízes. O arquiteto e o paisagista foram convocados, trocaram acusações, e ficou patente que casa e fícus não conviveriam mais.

Eu sempre achei que aquela arquitetura premiada preferia habitar outro espaço. A casa livrou-se do fícus, mas nem assim parece satisfeita com o terreno que lhe cabe, o jardim que a envolve toda, o limo que pega nas sapatas de concreto, a hera que experimenta aderir aos vidros. Nessa disputa o jardineiro tomou as dores da casa, e passa os dias arrancando a hera, polindo o concreto, podando o que vê pela frente. Um dia, tomado de cólera, saiu revirando os canteiros, eliminou as hortênsias, e teria reduzido o jardim a um campo de golfe, se minha irmã não interviesse. Tendo feito um estágio no jardim botânico, minha irmã gosta de andar pelo arvoredo ao largo da casa, podendo distinguir o ipê do carvalho, da oiticica, do jequitibá ou da maçaranduba. Também zela pelas palmeiras, que estão alinhadas à parte, pois aprendeu que palmeiras são de uma estirpe altiva de árvores, que as árvores sérias por sua vez desdenham. E quando tem tempo, minha irmã chega aos confins do terreno, onde o jardim toca o muro do horto florestal; só volta na hora do lusco-fusco, parando para ver e ouvir o jogo das folhagens, por atalhos que o jardineiro ignora. Mas hoje, com o sol a pino e sem uma brisa sequer, minha irmã está para dentro e as folhagens não jogam; cada folha é um exemplo de folha, com seu verde-escuro à luz e seu contraverde-claro à sombra. Hoje é como se o jardim estivesse aprendendo arquitetura.

O empregado não sabe que porta da casa eu mereço, pois não vim fazer entrega nem tenho aspecto de visita. Para, torce a flanela para escoar a dúvida, e decide-se pela porta da garagem, que não é aqui nem lá. Obedecendo a sinais convulsos da flanela, contorno os automóveis na garagem transparente, subo por uma escada em caracol, e dou numa espécie de sala de estar com pé-direito descomunal, piso de granito, parede inclinada de vidro, outras paredes brancas e nuas, muito eco, uma sala de estar onde nunca vi ninguém sentado. À esquerda dessa sala corre a grande escada que vem do segundo andar. E ao pé da grande escada há uma salinha que eles chamam de jardim de inverno, anexa ao pátio interno onde vivia o fícus. Eis minha irmã de peignoir, tomando o café da manhã numa mesa oval.

Ela me acena com as sobrancelhas e volta a abaixar a cabeça, os cabelos cobrindo-lhe o rosto, entretida com umas fotos que folheia e organiza em pequenas pilhas. Prepararam meu lugar de frente para ela, um pouco distante, e nas fotos que ela me passa sem me olhar não há pessoas, somente parques, ruas, alguma neve, paisagens repetidas que despacho em meio minuto. Devem ser fotos do início da viagem, quando ela estava sozinha e emocionalmente abalada; embora tenha curso de fotografia, seus enquadramentos estão irregulares, a luz insuficiente ou estourada, como se ela quisesse liquidar depressa o filme. Nas fotos que empilha fora do meu alcance, imagino que já apareça com a pele fresca, talvez abrindo os braços numa ponte, tendo ensinado um desconhecido a manejar a máquina. E nas fotos mais recentes, que coloca de pé atrás do bule de leite, acho que entram os amigos que ela sempre vai fazendo, e os amigos dos amigos, e os artistas, e as autoridades, e as luzes do barco no jantar de despedida.

O copeiro entra com uma bandeja, sem que eu tenha ouvido minha irmã chamar, e recolhe as fotos discriminando as pilhas. Eu ia pedir para ver a série completa, mas minha irmã ergue o rosto e pergunta se não tenho visitado mamãe. Diz que mamãe tem andado tão sozinha, nem empregado ela quer, só tem uma diarista que às terças e quintas vai lá, mas diarista mamãe acha que não é companhia. O ideal seria contratar uma enfermeira, mas enfermeira mamãe acha que cria logo muita intimidade, e qualquer hora mamãe pode levar um tombo, porque anda enxergando cada vez pior. À medida que fala, minha irmã espalha uma película de geleia grená na torrada, como que esmaltando a torrada, depois analisa, desiste do grená e arremata com geleia cor de laranja; vai morder, muda de ideia, toma um gole de chá e se admira de como uma pessoa pode envelhecer da noite para o dia, pois quando papai morreu a gente pensou que mamãe fosse baquear, qual nada, continuou a mil, ia ao teatro, jantava fora, andava a cavalo no sítio, como ela adorava o sítio, tomava seu uisquinho, jogava tênis, puxa, pensar que até o ano passado mamãe ainda jogava tênis.

A garota surge correndo pelas minhas costas e atira-se no pescoço da mãe. Usa uniforme escolar,

lancheira amarrada nos ombros e tranças de maria-
-chiquinha. Minha irmã dá-lhe um beliscão nas bochechas, senta-a nos joelhos e faz cavalo maluco, faz
cosquinhas nos sovacos, beija beijo de índio e vira a
marciana dum olho só. Elas colam perfil contra perfil e
quedam horas assim, uma querendo ser a cara da outra.
A menina diz "agora chega", pula para o chão, avança
no cream-cracker e por acaso nota a minha presença.
Minha irmã pergunta se ela não vai cumprimentar o
tio. Ela me estende os braços como que pedindo colo,
mas súbito transforma as mãos em duas pistolas, avança contra mim e quase me fura os olhos. Depois solta
uma gargalhada seca, gutural, anormal numa criança; começa a tremer inteira e força a gargalhada até
perder o fôlego, que recupera num arquejo asmático,
e arranca nova gargalhada, arqueja e engasga, treme
e gargalha e vai ficando azul. Vem a babá e carrega a
garota para fora.

Minha irmã cruza os talheres limpos sobre o prato com a torrada, e sei que a essa hora ela costuma
se arrumar para sair. Presumo que o chofer já esteja a
postos com um mapa na mão para levá-la aonde ela
mandar, e cada dia ela deve mandar seguir para um lugar diferente. Hoje talvez anuncie o nome de um bairro do outro lado da cidade, e lá chegando dirá "acho
que é ali", ou "é na próxima", ou "já passou", deixando
evidente que mais uma vez estará improvisando um

endereço. Pode ser que mande o chofer esperar diante de uma pensão amarela, e passe quatro horas lá dentro, saindo mais composta do que entrou e aflita para chegar em casa, na hora do rush. Pode ser que chegue ao mesmo tempo que o marido, os dois choferes se emparelhando na ladeira do condomínio. Talvez suba com o marido para o quarto, e tirando a roupa diga que passou quatro horas numa pensão amarela de uma cidade-dormitório, mas não sei se o marido vai acreditar ou prestar atenção. Não sei se o marido vai se sentar na cama e afrouxar o cinto, e pedir para ela parar ali do jeito que está, com as mãos nos cabelos. Também não sei se o marido sabe que de vez em quando ela me dá dinheiro. Sem que eu tenha percebido minha irmã fazer qualquer sinal, o copeiro traz uma bandeja com o talão de cheques e a caneta de prata.

Ela preenche o cheque, e seus cabelos castanhos não me permitem ver se está mesmo sorrindo, nem se esse sorriso quer dizer que eu sou um pobre-diabo. A assinatura negligente, junto com o sorriso que não posso ver, quer dizer que aquele dinheiro não lhe fará falta. O ruído ríspido do cheque destacado de um só golpe pode querer dizer que esta é a última vez. Mas a maneira de encobrir e pousar o cheque ao lado do meu pires, como quem passa uma carta boa, e de retirar a palma acariciando a toalha, como quem apaga alguma coisa e diz "esquece", significa que poderei contar com ela sempre que precisar. Ela se levanta e diz que está atrasada, diz "fica à vontade", não sabe se sorri, molha os lábios com a língua, leva os cabelos para trás da orelha e vai.

Minha irmã andando realiza um movimento claro e completo. Parece que o corpo não realiza nada, o corpo deixa de existir, e por baixo do peignoir de seda há apenas movimento. Um movimento que realiza as formas de um corpo, por baixo do peignoir de seda. E eu me pergunto, quando ela sobe a escada, se não é um corpo assim dissimulado que as mãos têm maior desejo de tocar, não para encontrar a carne, mas sonhando apalpar o próprio movimento. Algumas mulheres têm muita consciência dessas coisas. Mas têm consciência o tempo inteiro? A qualquer hora do dia? Em qualquer situação? Diante de qualquer um? E de repente minha irmã dá meia-volta no topo da escada, tão de repente como se fosse para me surpreender, como se fosse para saber se a estive olhando e como. Minha irmã rodopia na escada só para me dizer de novo "não esquece de mamãe".

Fico desequilibrado, sozinho naquela mesa oval, olhando o mel, o queijo de cabra, o chá de rosas, pensando na minha mãe. O copeiro traz uma bandeja com o telefone sem fio; é um aparelho de teclas minúsculas, que dedilho rápido e sem olhar direito, um pouco querendo esbarrar noutros números. Ouço tocar uma, duas, cinco vezes, telefone de casa de velho. Mamãe atende mas não fala nada, nunca fala nada quando atende ao telefone, porque acha vulgar mulher dizer alô. Eu digo "mamãe", e posso senti-la colar o fone na orelha, para travar o tremor da mão esquerda. O copeiro entra com um carrinho, pergunta "terminou?" e retira os pratos sem sobrepô-los. Eu repito "mamãe", mas também não tenho muito assunto, e o copeiro amassa o guardanapo que eu deixara intato à minha frente, em forma de canoa. Mamãe não deve ter entendido que era eu, e pouco depois cai a linha. O copeiro passa um tipo de espátula na toalha azul-celeste, catando as migalhas de cream-cracker, enquanto eu invento umas palavras no bocal.

2

Chego à rodoviária com uma bolada em cada bolso da calça, quatro tijolos de notas miúdas, que o caixa do banco encasquetou de me trocar o cheque assim. A calça é justa e as protuberâncias dão na vista. Consigo uma vaga no banheiro e separo o dinheiro da passagem. O homem do guichê examina cada nota, frente e verso, embora elas não sejam muito velhas nem novas demais. Com o bilhete na mão, ando de plataforma em plataforma a fim de não ficar tão exposto. Ando no meio do povo em linha reta, mas parece que cruzo sempre com as mesmas pessoas. E essas pessoas também parecem se admirar, me vendo passar tão repetido. Volto ao banheiro, e trancado espero a hora do ônibus.

Nesse ônibus convém não cochilar. A meu lado sentou-se um sujeito magro, de camisa quadriculada, que eu já havia visto encostado numa coluna. Estamos ombro a ombro no mesmo banco, e não posso ver direito a sua cara. Posso ver suas mãos, mas são mãos de homem iguais a todas as mãos sujas e cruzadas. Com o pormenor que de quando em quando ele abre os dedos da mão direita, um de cada vez, dando a impressão de calcular alguma coisa, e fecha-os todos ao mesmo tempo. Ato contínuo abre a mão inteira para fechar os dedos um a um, refazendo os cálculos de trás para diante. Calça chinelos de tiras, e esfrega o dedão na falange vizinha, como quem contasse dinheiro com os pés. Não leva mala, nem sacola, nem pasta, nem jornal, nem história em quadrinhos, não tem atitude de viajante; mas também não chega a ser viagem, essa hora e quinze de curvas e aclives até o Posto Brialuz, que é onde vou saltar. Peço licença, e ele tem de se levantar para me dar passagem. Falo "Posto Brialuz" para o motorista, e com a freada do ônibus o sujeito quadriculado vem degringolando pelo corredor, quase me atropelando. Desço do ônibus, ele atrás. Dou quatro passos na relva e giro o corpo de repente, um pouco como vi minha irmã fazer. Mas o sujeito já atravessou a estrada, e sobe a ribanceira que dá noutras bandas.

Encontrar aberta a cancela do sítio me perturba. Penso nos portões dos condomínios, e por um instante aquela cancela escancarada é mais impenetrável. Sinto que, ao cruzar a cancela, não estarei entrando em algum lugar, mas saindo de todos os outros. Dali avisto todo o vale e seus limites, mas ainda assim é como se o vale cercasse o mundo e eu agora entrasse num lado de fora. Após a besta hesitação, percebo que é esse mesmo o meu desejo. Piso o chão do sítio e caio fora. Piso o chão do sítio, e para me garantir decido fechar a cancela atrás de mim. Só que ela está agarrada no chão, incrustada e integrada ao barro seco. Quando deixei o sítio pela última vez, há cinco anos, devo ter largado a cancela aberta e nunca mais ninguém a veio fechar.

Abandonei e esqueci isto aqui durante cinco anos. Talvez a inércia do sítio na minha mente, mais do que a longa estiagem, explique agora essa claridade dura, a paisagem chapada. Vencida a cancela, não sei mais por onde passar. Minha brecha pode ser a noite, que começa a nascer lá embaixo, no fundo do vale. Ainda há sol no alto das montanhas, e a noite vem subindo pelas vertentes como um óleo. Sento-me na pedra redonda onde eu me sentava quando era pequeno, quando pensava que a noite primeiro enchia o vale, depois é que transbordava para a terra e o céu.

Quando a noite se consuma, perfeita, sem lua nem estrelas, sem encantos, sem nada, salto da pedra e vou descendo a estradinha de terra batida sítio adentro. A estradinha segue reta até encostar no riacho e se envolver com ele. Mas não escuto o riacho. Na verdade, já não sei se estou pisando a terra batida ou algum caminho vegetal. Mais provável do que eu me extraviar no sítio, seria o matagal ter invadido a estrada, e o riacho evaporado. Mas ali há uma música que me desnorteia o tempo inteiro. Demoro a admitir, pois nunca houve música no sítio; mas há músicas, muitas músicas ocupando todos os espaços, com a substância que a música no escuro tem. É quase resvalando nelas que chego à ponte de tábuas sobre o riacho.

Atravesso a ponte, e da outra margem ouve-se apenas o riacho, a água absorvendo as músicas. Há uma luzinha intermitente na casa principal do sítio, mas não preciso dela para chegar ao olho do vale, onde eu pensava que nascia a noite. E não ando longe do meu destino quando escuto o primeiro rosnado. No ermo em que estou, só posso fugir em direção à casa, e o volume crescente dos latidos dá-me a impressão de estar correndo ao encontro dos cães. E por fugir ao contrário, sinto-me duas vezes mais veloz; imagino romper a matilha como dois trens que se cruzam. Atiro-me contra a porta da frente, que está travada por dentro com cravelho. Contorno a varanda, e os cães emudecem assim que invado a cozinha.

O velho sentado no tamborete faz um grande esforço para erguer a cabeça, e é o tempo que eu necessitava para reconhecer nosso antigo caseiro. Deixou crescer os cabelos que, à parte as raízes brancas, parecem ter mergulhado num balde de asfalto. A pele do seu rosto resultou mais pálida e murcha do que já era, e ele me fita com um ar interrogativo que não consigo interpretar; talvez se pergunte quem sou eu, talvez me pergunte se a tintura lhe cai bem. Penso em lhe dar um tapa nas costas e dizer "há quantos anos, meu tio", mas a intimidade soaria falsa. Meu pai entraria soltando uma gargalhada na cara do velho, passaria a mão naquele cabelo gorduroso, talvez chutasse o tamborete e dissesse "levanta daí, sacana!". Meu pai tinha talento para gritar com os empregados; xingava, botava na rua, chamava de volta, despedia de novo, e no seu enterro estavam todos lá. Eu, se disser "há quantos anos, meu tio", pode ser que ofenda, porque é outro idioma.

Sem aviso o velho dá um pulo de sapo e vai parar no centro da cozinha, apontando para mim. Usa o calção amarrado com barbante abaixo da cintura, e suas pernas cinzentas ainda são musculosas, as canelas finas; é como se ele fosse de uma raça mista que não envelhecesse por igual. Aproxima-se com molejo de jogador, mas com o tórax cavado e os braços caídos, papeira, a boca de lábios grossos aberta com três dentes, os olhos azuis já encharcados. E abraça-me, beija-me, recua um passo, fica me olhando como um cego olha, não nos olhos, mas em torno do meu rosto, como que procurando a minha aura. "Deus lhe abençoe, Deus lhe abençoe", diz. Depois pergunta "que é de Osbênio?, que é de Clauir?", e entendo que ele esperava outra pessoa, algum parente, quem sabe.

Um cacho de bananas verdes no chão da cozinha lembra-me que passei o dia a chá e bolacha. Na geladeira, que é um móvel atarracado de abrir por cima, encontro um jarro d'água, uma panela com arroz e uma tigela de goiaba em calda. Instalo-me com a tigela à mesa onde antigamente os empregados comiam. O velho adivinha que pretendo passar uns tempos no sítio, e emociona-se novamente. Cai sentado na cadeira ao lado, e seus olhos voltam a se encharcar, desta vez com lágrimas azedas. Conta o velho que a mulher morreu há dois anos, que ele mesmo está muito doente, que os filhos sumiram no mundo. Tapa uma narina para assoar a outra, e conta que com ele só restaram as crianças. Que os outros, os de fora, foram chegando e dominando tudo, o celeiro, a casa de caseiro, a casa de hóspedes, e contrataram gente estranha, e derrubaram a estrebaria e comeram os cavalos. E que os outros, os de fora, só estão esperando ele morrer para tomar posse da casa, por isso que ele dorme ali na despensa, e os netos espalhados na sala e pelos quartos. Conta que os patrões nunca aparecem, mas quando aparecerem vão ter um bom dum aborrecimento.

Deposito um maço de notas sobre a mesa para o velho fazer a provisão, mas antes que eu me explique ele apanha uma mochila debaixo da mesa, joga o dinheiro dentro e diz "pra que isso, seu moço". Desce a mochila, sobe uma garrafa de Underberg, diz "dá licença", vira um gole e oferece a garrafa, que ficou com umas bolhas de saliva no gargalo. Dá novo salto e diz "eu já vou arrumar o quarto do senhor". Atravessa a casa correndo e vai direto ao quarto que sempre foi meu.

Eu devia ter deixado o velho enxotar as crianças. Quando entro no quarto, o menino e a menina estão bem despertos, acocorados na esteira diante do aparelho de televisão. O menino, de uns sete anos e cabeça raspada, avista-me sem me ver e retoma o comando do videogame. A menina, de uns oito ou nove, cabeleira crespa, densa e transversal, sorri e continua sorrindo para mim. Arranco a roupa, que parece engomada de suor seco, e deito-me de cuecas na cama que sempre foi minha, no colchão de palha sem lençol. Para as crianças, o velho trouxe um colchonete listrado que era da espreguiçadeira da piscina.

Não me importei com as crianças porque pensei que fosse deitar e dormir, mas as minhas pestanas tremelicam com o reflexo do videogame. Pulsa na tela uma figura semelhante a um intestino, em cujos tubos correm animaizinhos verdes. Por algum motivo, esses tubos às vezes se obstruem, obrigando o moleque da cabeça raspada a se contorcer com o comando nas mãos. Em consequência, os animaizinhos chocam-se uns contra os outros, impelindo-se como bolas de bilhar e emitindo bips. Também acontece de eles se entalarem nas paredes dos tubos, numa reação em cadeia que provoca a explosão do intestino, acompanhada de um alarme e um clarão. Os animaizinhos boiam na tela branca e o jogo recomeça inúmeras vezes, mas a certa altura a menina da cabeleira, que incentivava o irmão, dá um bocejo profundo e se levanta. Entrevejo sua trajetória da televisão ao colchonete rodeando a cama, me rodeando, parando, voltando para apanhar um elástico, e contra a luz é uma adolescente que oscila nas minhas pestanas. Ela me encara, e seu rosto terá no máximo dez anos, pelos dois dentes da frente ainda arraigados na gengiva, pelos cabelos impossíveis de pentear, pelo nariz escorrendo. Mas é de mulher-feita o pequeno corpo que caminha, que escolhe cada passo com um critério de corpo, e que portanto caminha mais com orgulho que com direção, a camiseta até os joelhos com a inscrição "Só Jesus Salva".

A comichão da palha na minha pele, a presença da goiaba doce no meu estômago, os incômodos do corpo são apenas um despiste da insônia. A insônia verdadeira principia quando o corpo está dormente. Semilesado, o cérebro não tem boas ideias, e é incapaz de resistir à chegada do homem do olho mágico, por exemplo, que pode ser um amigo que perdi de vista, e que viria falar de assuntos vencidos, e que não suportaria a minha indiferença, e que, se fosse um sonho, arrancaria exasperado a própria barba e não teria queixo, convertendo-se no proprietário do imóvel que vem cobrar o aluguel. Mas ainda não é sonho e nada devo ao proprietário, pois minha irmã é avalista, adiantou seis meses a título de fiança, e quando mamãe morrer, meu quinhão na herança não paga o que devo à mana, por isso ela pode ter dado meu endereço a um advogado, um oficial de justiça, um tabelião barbudo no olho mágico. Estou para ingressar no sonho quando lembro que quem tem meu endereço é minha ex-mulher; deixei recado na casa dela, uma mensagem formal, aliás um comunicado irônico, aliás um aviso áspero, e minha ex-mulher nem iria anotar meu endereço na agenda, para quê?, para dar ao homem do olho mágico que pode ser o seu namorado, e imagino aquele homem de terno e gravata e barba na cama da minha ex-mulher. Um namorado dela, o que viria cobrar de mim, conselhos?, pensão?, confidências?, satisfações? Um ciumento retroativo? Um amante argentino da minha irmã, de cabelos escorridos, terno marrom e gravata, girando no topo da escada com minha ex-mulher? Aos poucos, os pensamentos amontoados na cabeça vão se acomodando, bem ou mal se encaixam uns nos outros, e é um consolo quando cessa o atrito dos pensamentos, e vai se fechando a cabeça, apertando-se nela mesma, a cabeça restando como que oca por fora. O sono chega como um barco pelas costas, e para partir é necessário estar desatento, pois se você olhar o barco, perde a viagem, cai em seco, tomba onde você já está. E o moleque da cabeça raspada continua fungando e jogando videogame. E a menina da cabeleira continua me encarando, sorrindo. E ainda não amanheceu.

Agora a menina se levanta do colchonete, vem andando em pêndulo, aproxima-se devagarinho, essa criança vai querer deitar comigo, ajoelha-se, chega o rosto ao meu, vai me beijar, pensa que estou dormindo, desliza seu hálito sobre meu corpo inteiro, desce ao pé da cama, apanha minha calça e esvazia os bolsos. Quero reagir e não posso, meu corpo está dormente, meu cérebro, minha boca não consegue pronunciar "ei". A menina da cabeleira cutuca o irmão e os dois escapam.

A janela do meu quarto dá para a varanda, e tenho a sensação de que adormeci num autódromo. Chego à veneziana, e conto umas vinte crianças pulando e gritando debaixo da janela. Uma moto vermelha irrompe por trás da casa, corta o pátio e sobe o talude lá adiante, onde faz uma longa curva com a máquina na horizontal. Desce o talude num mergulho e, no instante em que some pela borda esquerda da casa, já reaparece pela direita. Solta fagulhas no cimento do pátio, sobe o talude, faz a curva inclinada, mergulha, e desta vez vem tão acelerada que já desponta por um lado antes mesmo de se esvair por outro. Para encerrar o circuito, corisca no cimento, assalta o talude e segue em frente, chegando a voar quando atinge o platô. E ressurge imediatamente por trás da casa, ultrapassa o talude com as rodas no ar, e encosta na moto que aguardava no platô, porque as motos vermelhas são duas.

Agora é o caseiro velho quem irrompe no pátio com um copo de Underberg na mão, e assobia para as motos com dois dedos na boca. As crianças riem, aplaudem, atiram limões no velho. Uma das motos aponta para ele e vem tomando impulso no talude. Ele levanta o copo, cobre o rosto com a outra mão, e verga-se de tal forma que a moto parece atravessá-lo sem o derrubar, nem ao copo. A asa do vento faz seu corpo girar noventa graus, e parar de frente para a segunda moto, que contornou a piscina e desce embalada na diagonal. O velho cambaleia, e o cambaleio é a sua salvação, pois a moto imprimira tal velocidade que já não admitia guinada ou freio. A criançada faz "olé", e corre ao pátio para festejar o velho, que bebe o Underberg de pernas cruzadas.

Não sei o que me leva a pular a janela e ir atrás das crianças. Quando me vejo de cuecas no pátio, já não posso recuar com naturalidade. Tenho pelo menos de apertar a mão do velho, mas ele me evita, me desconhece e sai de lado, olhando para o fundo do copo vazio. As crianças dispersam-se, e as duas motos vigiam-me do platô. Miram na minha direção, e vou me retirando sem olhar para trás. Ouço o ronco dos motores, e tenho pressa em alcançar a varanda. Quando pulo para dentro do quarto, vejo que elas vêm descendo em ponto-morto, serpenteando no talude. Embicam na varanda, de frente para a minha janela, enquanto acabo de me vestir. Uma terceira moto, que até então eu não havia visto, desce do campo de vôlei com o motor desligado, e coloca-se entre as duas. Não posso ver seus rostos, pois eles usam capacetes, mas logo percebo que o terceiro piloto é mais que os outros, em cilindradas e autoridade. Sua moto é muito mais vermelha, e larga como um cavalo, com cravos de bronze, espelhos, distintivos e adereços, além de uma antena espiralada que deve chegar a quatro metros. Ele traz anéis em todos os dedos e, rebatendo o sol da manhã, seus punhos parecem dois faróis sobressalentes. Apeia da moto, no que é imitado pelos dois coadjuvantes. Sobe à varanda, sempre seguido pelos dois, e para a três passos da minha janela. Com uma voz até delicada, pergunta quem sou eu e o que faço naquela propriedade. Várias coisas passam pela minha cabeça, mas não encontro uma boa resposta. Olho para os lados pensando no velho, mas o velho não está. O dos anéis pergunta quem eu penso que sou e que porra eu faço naquela propriedade. Vejo as crianças enfileiradas no alto do sítio, perto do riacho. Olho para o chão, e estou descalço, não tive tempo de me vestir direito. Os dois comparsas começam a esfregar suas botas nas tábuas da varanda, como se apagassem charutos, e com isso produzem um chiado desagradável. O chefe enfia a mão no forro do casaco de couro, vai sacar alguma coisa ali de dentro. Saca um relógio antigo tipo cebola, e diz que tenho cinco minutos para sumir do mapa.

3

Foi o velho caseiro quem me deu um dinheiro amassado para voltar à cidade. Do orelhão da rodoviária, ligo para minha mãe e desligo em seguida. Não quero ir para a casa dela de jeito nenhum. Mas ao mesmo tempo quero encostar num canto, tenho de tomar um banho, preciso lavar a cabeça. Torno a ligar, e mamãe deve estar sentada na bergère, folheando uma revista de modas que não são mais para ela, e talvez por isso se irrite com o telefone. Acho que só se levanta no terceiro toque, e arrasta-se até o aparelho que tem fio curto e fica no corredor. Entre o quinto e o sexto toque ela deve parar para tossir, pois gente velha não sabe tossir andando. Só no oitavo toque mamãe põe a mão no fone, mas algum impulso me faz desligar um segundo antes. Dou tempo para ela se instalar de volta na bergère, e ligo de novo. Desta vez deixo a campainha soar dez, doze vezes, poderia soar duzentas que ela nunca mais vai me atender. E desde a descida da serra algum impulso me dizia que hoje eu iria acabar ligando para minha ex-mulher.

A secretária eletrônica diz que ela está na Alfândega, telefone tal, e que após o sinal é para deixar o recado. Ligo para a Alfândega, responde um homem com voz grossa, pergunto por ela. Ela atende com "oi" e eu digo "oi, sou eu", querendo correr o risco de ouvir "eu quem?". Mas ela diz um "que é que você quer?" que não deixa dúvida, sabe muito bem que eu sou eu. Só quero um pequeno favor e ela diz "sei". Preciso falar já com ela e ela diz "aqui não".

A Alfândega é uma butique cara num shopping movimentado no quarteirão mais nobre da zona sul. Vende roupas importadas, acho, nunca entrei. Entro agora pela primeira vez, e não causo boa impressão. Uma mulher que já foi linda, e que deve ser a dona, em vez de me atender fica me especulando, considerando os meus sapatos. O balconista de rosto pálido vira o rosto, e minha ex-mulher atrás do balcão faz uma boca que parece estar prendendo o riso. Chego mais perto e reparo que não, que é um alfinete que ela prende nos lábios, e cospe na concha da mão discretamente para dizer "espera lá fora". Saio com dignidade, passando o dedo nas roupas. Essas roupas estão jogadas pela butique com relativo desleixo, não para fingir que são baratas, mas para avisar que nem estão muito à venda.

Minha ex-mulher passa por mim em velocidade, e fala qualquer coisa de pizza na sobreloja. Eu preferia comer lá fora, mas ela sempre foi de andar à minha frente, e agora já está na escada rolante, que ela sobe andando. Usa um bermudão folgado, mas posso adivinhar que continua com o mesmo corpo. Senta-se num banquinho da lanchonete, e vejo seus seios de relance. Tem os ombros nus, e a pele no ponto certo de quem vai à praia e não toma sol. Se eu lhe dissesse tudo o que estou pensando neste instante, ela ia gostar de ouvir; mas no instante seguinte quase lhe pergunto se não dá varizes, isso de passar o dia em pé numa butique. Porque levamos seis meses sem nos falar, ou porque antes disso já nos falamos tudo, ou porque nesses seis meses tudo o que falamos antes virou barulho, fica difícil retomar a conversa.

Ela diz "que é que você quer?" com aquele mesmo tom do telefonema. Como segura um menu, não sei se escolho o lanche ou se começo a contar o meu problema. Minha ex-mulher não olha para mim nem para o menu; olha fixo para lugar nenhum, como quem fala ao telefone. E repete "que é que você quer?", com a prosódia exacerbada de uma ligação ruim. Digo que estou metido numa encrenca séria, e ela diz "sei". Digo que tem gente me seguindo, e ela diz "sim". Digo que podem me matar, e consigo despertá-la. Mas em vez de apreensão ou pânico, ela faz cara de desgosto, como se morrer fosse sujo. E diz "você desceu mais baixo do que eu pensava".

Peço pizza de mozarela, mesmo achando que nós dois não combinamos mais com pizza, com essa lanchonete, com esse shopping. Invejo um pouco as cabeças que despontam no vão, que sobem curiosas uma atrás da outra na escada rolante, cabeças que esticam o pescoço, e vão criando corpo, e criam pés que saltam na sobreloja, e viram pessoas que agitam cabeças que falam, piscam, riem e mastigam triângulos de pizza por ali.

Finalmente minha ex-mulher estala a língua e diz que sente muito, mas não vê por onde me ajudar. O "sinto muito" vem com pronúncia do coração, e é um coração instável, o dela. Agora está quase pedindo para me ajudar. O que eu lhe dissesse, amarraria a cara mas faria. Pedisse dinheiro, demoraria um pouco mas daria. Seria capaz de me acolher de volta em casa até o perigo passar. E não duvido que logo estivesse me falando como antigamente, com o mesmo timbre que usava sempre para dizer "te amo mais que tudo" quando nos conhecemos, cinco anos atrás. Dizia "te amo mais que tudo" no meio do almoço, dizia no cinema, no supermercado, na frente dos outros; eu achava estranho ela dizer isso a toda hora, mas acabei por me acostumar. Coração instável. Um dia ela voltou do médico, puxou-me pela mão até o quarto, estava muito corada e disse que havia dado positivo, estava esperando um filho. Não compreendi. Eu nem sabia que ela fora ao médico. E ter um filho, no meu cérebro, era notícia que entrava, mexia lá dentro, e não conseguia formar uma ideia. Não imagino qual tenha sido a minha reação naquele momento, nem lembro se falei alguma coisa. Só lembro que o rosto dela empalideceu com uma rapidez que nunca vi nada igual, como se todo o sangue tivesse caído por um buraco. Ela perguntou se eu era um monstro sem sentimentos. Mas com os dias, acabei também me acostumando à ideia do filho; melhor ainda uma filha, que dizem que é mais ligada ao pai. Cheguei mesmo a pensar em dar à menina o nome da minha irmã. Até que num fim de tarde minha ex-mulher voltou do médico com uma cara horrível, bateu a porta do quarto e disse que tinha tirado o filho. Jogou-se na cama aos soluços e ficou repetindo "tá satisfeito? tá satisfeito?". Acho que foi daí que ela deixou de me amar mais que tudo.

Minha ex-mulher olha o relógio a cada vinte segundos, e calculo que esteja preocupada com a dona da butique. O garçom me entrega a conta e ela se antecipa, puxa umas notas da carteira, e na pressa deixa cair três cartões de crédito. Acompanho-a de volta, e ela já se despede desde a escada rolante. Dá tchau andando, datilografando o ar com a mão esquerda, e eu lhe digo para esquecer meu endereço antigo, pois pretendo me instalar num apart-hotel. Ela diz "boa sorte", mas perto da butique lembro que tenho umas roupas em sua casa. Ela diz que é coisa pouca, que já enfiou tudo numa mala, e que o boy da butique depois entrega a mala no apart-hotel. Vem chegando uma senhora com cara de jogadora de bridge, cumprimenta minha ex-mulher e pergunta pela túnica. Ela vai entrar com a freguesa na loja, mas eu toco seu ombro e explico que não posso me registrar sem bagagem num apart-hotel, com a roupa toda lambuzada e a barba por fazer, uma pinta de marginal que concierge nenhum vai deixar subir. Ela pede para eu falar baixo, mas a dona da Alfândega já apareceu na porta, o balconista pálido atrás, e a jogadora de bridge não sabe se vai ou se fica. Minha ex-mulher abre a bolsa, tira um chaveiro que é um coração de acrílico, e diz "pega logo a tua mala e me traz de volta as chaves", consegue dizer tais palavras praticamente sem mover os lábios.

Quatro anos e meio vivi com essa mulher. Mas vivi de me trancar com ela, de café na cama, de telefone fora do gancho, de não dar as caras na rua. Um sorvete na esquina, no máximo uma sessão da tarde, umas compras para o jantar, e casa. Entrei nuns empregos que ela me arrumou, na segunda semana eu caía doente, e casa. No último ano foi ela quem começou a trabalhar fora. Argumentei que ela tinha diploma universitário, que podia aguardar melhores oportunidades, e disse "não vai se adaptar". Mas se adaptou, levava jeito, tomou gosto, virou gerente de vendas e nunca pegou nem um resfriado. Eu esperava por ela em casa. Habituei-me sem ela em casa, andava nu, cantava. Mudava a arrumação da sala, planejava empapelar as paredes. Já gostava mais da casa sem minha mulher. Sozinho em casa eu tinha mais espaço para pensar na minha mulher, e era nela fora de casa que eu mais pensava. Às vezes ela chegava tarde da noite e ia ao banheiro, e bulia na cozinha, e ligava a televisão sem necessidade, e isso me dava um tipo de ciúme da casa. Preferia não ver, e amiúde fingia estar dormindo. De manhã, deixava-a acordar sozinha, abrir e fechar gavetas, ligar o chuveiro, bater vitamina e sair para o trabalho. Só então começava a minha jornada, que era andar de um lado para o outro da casa, lembrando-me da minha mulher e consertando as coisas. Um dia ela propôs a separação. Eu entendi e disse que ia continuar pensando nela do mesmo jeito, a vida inteira. Já deixar a casa foi mais difícil. Eu não saberia como me lembrar da casa. Era dentro da casa que eu gostava da casa, sem pensar.

Agora me revejo com as chaves na mão, mas não tenho pressa; é somente a casa dela, um endereço, um apartamento térreo no bloco lateral de um prédio em L numa rua sem saída de um bairro úmido. Daqui até lá é uma boa distância, e no caminho há o meu antigo bairro, as ruas onde eu andava antes de me casar, farmácias, padarias, bancas de jornal, homens e mulheres com quem eu tratava, sabendo o nome de cada um. A pizza salgada ressecou minha boca. Paro num bar e verifico que ali não há ninguém do meu tempo. O servente também é novo, e se eu pedir um chope sem pagar na ficha é capaz de não me atender. Peço água da bica, mas ele não me escuta, fica passando um pano molhado no balcão de fórmica. No extremo do balcão, um corredor que só se atravessa andando de lado leva a um mictório com um cheiro muito pesado. Há também uma pia e me debruço nela, mas está sem água. Passando o mictório, o corredor prossegue até um depósito descoberto, com um amontoado de engradados cheios de garrafas vazias. Sinto vontade de escalar aqueles engradados. Escalo, chego ao topo e respiro ar limpo. Os fundos do botequim dão para os fundos de um prédio de apartamentos. Consigo apoiar as mãos entre os cacos de garrafa que estão cimentados na crista do muro. Se eu trouxer um pé até o muro, não será difícil jogar o corpo para o outro lado. Eu não tenho intenção de saltar para o outro lado. Mas tampouco vejo sentido em descer dos engradados, passar de novo pelo mictório fedorento, passar pelo servente e acabar na rua onde eu já estava, sem nem ter tomado água da pia.

Salto o muro e caio no playground do prédio. Desço ligeiro por uma escada que dá na garagem subterrânea, e acho que ninguém me viu. Um carro acaba de sair e o portão da rua ficou aberto. Já na calçada, um grupo de rapazes aproxima-se falando alto, rindo e balançando chaves. Cruzo a rua, e entro no pequeno jardim de uma casa onde funciona uma academia de balé. Dou a volta na casa, reconheço o quintal com amendoeiras, e lembro que aqui morava um conhecido meu, um que dava festas e tinha uma irmã paralítica.

Amigo mesmo só me lembro de um. Era alguns anos mais velho e dizia que eu tinha um futuro. Vivia lendo os jornais, as revistas especializadas, depois me contava que era tudo mentira. Recebia correspondência do estrangeiro, ouvia os clássicos, ia publicar em breve um tratado polêmico sobre não sei mais que matéria. Inventou e queria me ensinar uma língua chamada desesperanto, tendo organizado uma gramática e farto vocabulário. Dedicou-se numa fase à escultura comestível; ergueu no apartamento uma cidade inteira de marzipã, mas nunca chegou a expor.

Também era dado a premonições; fazia certas previsões que ele mesmo se assustava e emudecia uma semana. E parece que tinha em seu passado uma história conhecida e admirada por gente da sua geração. Dessas histórias ele nunca me falou, e por isso eu o admirava mais. No bar, quando bebia além da conta, ou quando já chegava cheio de estimulantes no pensamento, dizia poemas. Havia noites, geralmente noites de sábado quando lotava o bar, que ele deixava cair na testa a franja negra e cismava de declamar em francês. Eu ficava sem jeito porque ele declamava alto demais e olhando para mim, e as outras pessoas na mesa não entendiam os versos. Eu, ele achava que eu pegava o sentido. O resultado é que sobrávamos só nós dois na mesa, porque as poucas pessoas que suportam poesia, não suportam francês.

Não sei o que essas pessoas pensavam de mim, do meu amigo, da nossa amizade. Mas quando ele estava lúcido, e falava coisas que para mim eram revelações, os outros mal o ouviam, olhavam-no com a fisionomia embaçada. Era como se estivessem separados dele, não por uma mesa, mas por camadas de tempo. Às vezes eu achava que ele preferia mesmo dizer coisas que os outros só pudessem compreender anos depois. As palavras que buscava, as pausas, e sobretudo o seu tom de voz, tão grave, faziam-me crer que ele era dessas poucas pessoas que sabem pensar e falar com o tempo dentro. Hoje, porém, quando procuro me lembrar do que ele falava, ouço puramente a sua voz, lisa de palavras. E se penso no meu amigo é porque, ao pular dos fundos de uma escola pública para o terreno de um sobrado em demolição, me dou conta que ele mora ou morava nesta mesma avenida sem árvores, no edifício mais antigo do bairro, um edifício recuado e cinzento com um bar ao lado.

Pretendo passar reto. São três da tarde, e é bem provável que meu amigo ainda esteja dormindo. Não tenho nada para lhe falar, nem ele há de ter ânimo para abrir a boca. Se eu subir, nem sei se ele abrirá a porta; me verá pelo olho mágico, e talvez se faça de morto até eu ir embora. No caso de ele abrir a porta, talvez eu me surpreenda por encontrá-lo igualzinho a cinco anos atrás. Talvez ele me pareça apenas um pouco mais baixo do que era, dois centímetros se tanto, mas até será capaz de estar usando a mesma camisa social para fora da calça, com a mesma mancha de café no colarinho. Não terá perdido um fio sequer dos cabelos negros, que lhe cairão na testa exatamente como da última vez que o vi. Eu quase desejarei abraçá-lo, entrar como entrava no seu apartamento, espichar-me no sofá da sala e dormir até amanhã. Mas ao fitá-lo com maior atenção, talvez volte a me intrigar a sua estatura; meu amigo era mais alto, coisa à toa, mas era. Cinco anos depois, seria normal que estivesse encolhido de ombros, com o estômago dilatado ou um pequeno desvio de coluna. Mas ele estará ereto, como se lhe tivessem simplesmente serrado dois centímetros da canela. Aquilo não me parecerá honesto. E eu não saberei lidar com alguém que me dará a impressão de ser uma cópia do meu amigo. Que passará a mão nos cabelos como ele passava, o que me enervará, pois quanto mais perfeita for a cópia, maior será a sensação de logro. E que morderá a língua do lado direito, como ele mordia quando não gostava de alguma coisa, pois talvez ele também desconfie que eu seja uma cópia. E que me verá ali plantado, e que sabendo que estou com a boca amarga, não me oferecerá um copo d'água. E que dirá "com licença", fazendo voz de barítono, e que baterá a porta na minha cara.

Vejo tumulto defronte ao edifício do meu amigo. Aglomeração, um camburão, duas joaninhas, um rabecão, vários carros de reportagem, guardas desviando o trânsito. No meio do povo, compreendo que houve um crime, alguém morreu esfaqueado e estrangulado. Vem chegando a sirene de um segundo camburão, e o empurra-empurra acaba por me levar ao miolo do acontecimento. Uma corda vermelha isola a calçada do velho prédio, formando uma espécie de ringue. A televisão entrevista o zelador sob a marquise da portaria. Deve estar ruim de filmar, pois o zelador olha para o chão e não fala direito, parece um condenado. Penso que é ele o criminoso, mas em seguida me convenço de que está somente muito envergonhado pelo seu edifício. O repórter pergunta se a vítima costumava receber rapazes, e o zelador faz sim com a cabeça, mais confessando que assentindo. A entrevista é prejudicada por uma baixinha com cara de índia e lenço na cabeça, que se desvencilha de um policial e investe contra o zelador, gritando "diga que conhece meu filho, miserável!". O policial levanta a índia baixinha e deposita-a fora do cordão de isolamento. Ela passa outra vez sob o cordão e agora se dirige ao público. Diz "não tem televisão aí?" e diz "ninguém vai me entrevistar?". Um rapaz que se apresenta como repórter do *Diário Vigilante* pergunta o que fazia o suspeito no local do crime. Ela diz "que suspeito o quê" e "que local do crime o quê", e diz "meu filho veio me ver, foi detido entrando no prédio, se fosse suspeito estaria fugindo", e diz "onde é que já se viu suspeito fugir para dentro?". Sem mais nem mais, começo a ficar a favor da mãe índia. O do *Diário Vigilante* vai fazer outra pergunta, mas ela o interrompe e diz que trabalha no 204 há quinze anos, que todo mundo sabe quem ela é, que aquele miserável ali conhece o filho dela e não o defende porque tem preconceito de cor. Vai atacar de novo o zelador, mas é suspensa pelo policial. Outro repórter de tevê indaga do zelador se a vítima era homossexual. O zelador resmunga "isso aí eu não sei porque nunca vi". A índia responde à Rádio Primazia que prenderam o filho porque ele estava sem documento. Diz "meu filho estava voltando da praia, não é crime ir na praia, ninguém vai na praia com carteira de trabalho metida no calção". Um sujeito atrás de mim diz que também é de jornal e pergunta "afinal a bichona era artista ou o quê?". Ela responde "a bichona sei lá, parece que era professor de ginástica". Aproxima-se o repórter da TV Promontório dizendo "ouvimos também a mãe do principal suspeito". Aí a índia perde a razão, agarra as lapelas do repórter e desata a chorar no microfone e berrar "ele não é criminoso!, meu filho é um moço decente!", mas o cameraman, que está trepado no capô da camionete, grita "não valeu, não gravou nada, troca a bateria!". A índia para de chorar, olha para o setor da imprensa e diz "imagine meu filho, que até é doente, estrangulando um professor de ginástica". Volta o repórter da TV Promontório e pede-lhe para repetir a fala anterior, que ele achou bem forte. Eu fiquei com vontade que ela não repetisse aquilo, mas agora não adianta, ela já está chorando mais que antes e berrando "ele não é criminoso!, meu filho é um moço decente!, ele é sério e trabalhador!". Eu preferia que ela não fizesse aquela cena porque saiu confusa, e vai comprometer ainda mais o filho na televisão. E quando ela falou que o filho é sério e trabalhador, justo naquele instante o rapaz apareceu na portaria, e a câmera o pegou descendo na calçada com uma sunga de borracha, imitando pele de onça. É um negro do tamanho de quatro mães, na verdade mais balofo que forte. Vem empurrado pelos guardas, os pulsos algemados e o corpo curvado para a frente, mas vem com a cara para o alto e ri. Ri para a câmera no capô, ri para as janelas dos vizinhos, ri para ninguém, ele ri para o sol, e eu creio que aquilo na boca dele não é bem um riso. A mãe tenta segurá-lo, uma garota grita "tesão!", outro grita "maconheiro!", e o rapaz é jogado no fundo do camburão. A mãe esgoela-se e corre as unhas na porta traseira do carro, quer penetrar nas frinchas da porta. Consegue enfim ser presa e trancada no segundo camburão. As duas viaturas disparam as sirenes e partem debaixo de vaias.

Dois funcionários com jaleco do Instituto Médico Legal saem agora do edifício transportando o corpo, envolto em cobertores e lençóis, e quem está próximo, até mesmo o pessoal do bar, emudece. Chego a perceber o fluxo do silêncio, e é como um silêncio que viesse por baixo do chão, e o chão se enrolasse feito tapete que fosse abafando todos os sons até o outro lado da avenida. O corpo passa diante dos meus olhos. O primeiro funcionário, de nariz inchado, sustenta-o pelas axilas, deixando a cabeça pender como um saco. O segundo abraça-o por trás dos joelhos e, com seu passo incerto, franze e distende-o como um fole. Os pés do morto ficaram descobertos, e são pés bem tratados, apenas as solas meio encardidas, mas são pés que me parecem enormes, são pés que deviam calçar quarenta e seis, quarenta e sete. O corpo é encaixado numa gaveta do rabecão. Eu esperei que pingasse sangue, mas não pingou.

A partida do rabecão desencadeia o trânsito. Vão-se as equipes de televisão, desfaz-se o cordão de isolamento, o povo circula, e o zelador parece sentir o brusco desamparo da celebridade, mesmo tendo sido um artista tímido; ergue o rosto e olha para todos os lados, antes de se recolher ao interior do prédio. Restam apenas uma joaninha com duas rodas sobre a calçada, e dois policiais na portaria. Se eu entrasse agora para visitar o meu amigo, certamente me fariam perguntas. Entro no bar ao lado, e o balcão está apinhado de cotovelos. Há um mictório nos fundos, mas a pia foi arrancada da parede.

No trajeto para a casa de minha ex-mulher, a sede que eu tinha foi suplantada por atroz urgência urinária. O tanque bebido em pensamento por pouco me explode a bexiga, enquanto forço inutilmente a chave na porta que já foi minha. Custo a atinar com a fechadura, que deve ter sido trocada e agora abre para a direita, e são três voltas, e não suporto mesmo, estou a poucos metros do alvo, a urina foi avisada e já avança pelo seu canal. Atravesso a sala correndo, baixando o zíper, entro no banheiro e não é, é a cozinha, mas a esta altura não dá mais para conter a grossa mijada no mármore da pia e em sua cuba de aço inoxidável repleta de louças de ontem e copos com restos de vinho tinto. Ao doloroso alívio segue a náusea. Abro a geladeira atrás de água, e sobe-me um cheiro doce de goiaba. Volto à sala com tonturas, e tenho a impressão de que ela está invertida. Teriam tapado as duas janelas e aberto outras duas na parede oposta.

As torneiras também só querem girar para o outro lado, capricho a que cedo constrangido, sentindo a alma canhota. Tensa, a água do chuveiro cai na minha pele e não escorre, ricocheteia. Com paciência, consigo regular o temperamento da água, e então começamos a nos reconhecer, meu chuveiro e eu. Recomeçam a coincidir as irregularidades dele e as do meu corpo. Fecho a cortina do box, e o vapor vai me comendo. Vou perdendo de vista o meu corpo e o resto. Um dia, na sauna, meu amigo disse que os antigos chamavam esses banhos de lacônicos. Pode ser. Não sei o que uma coisa tem a ver com a outra.

Só sei que vou levar uns bons anos até acertar com outro chuveiro igual a este. Não vai ser nada fácil. No meu apartamento, o chuveiro era de um jorro todo bem torneado, correto, justo, maciço, era um chuveiro burro. Aqui não, aqui eu me sinto pleno. Aliás, os antigos talvez não fossem tão lerdos quanto parecem, e não gostassem de ficar assim muito tempo cogitando no banho. Banhos lacônicos. Eu, por mim, levava no vapor o resto da existência. Mas acho melhor parar um pouco, porque meus pés estão algo moles, pesados. Sinto que a água me bate nas canelas. Vou olhar, e parece que o box está sem fundo. Desligo o chuveiro, deixo desanuviar, e constato que o chão do box é uma poça de água preta. Deve ter entupido tudo. Vejo a água marrom no ladrilho do banheiro, amarelastra invadindo a sala. Saio do box passo a passo. Há duas toalhas no cabide do banheiro. Ela deve guardar as outras no armário do quarto. Calculo que, com cinco ou seis toalhas, eu possa montar uma barragem na sala e evitar a calamidade. Abro o armário do quarto e, pelo espelho interno, deparo com as minhas pegadas barrentas no carpete pérola. Ela vai pensar que foi de propósito. Preciso ir embora. Não posso ficar aqui parado. Minha mala deve estar no fundo do armário. Para apanhar a mala, tenho de tirar as roupas dela do armário. Vejo um paletó de tweed que parece de homem, mas não é meu. As roupas ficam espalhadas pelo quarto, igual à butique. Ela só pode pensar que foi de propósito. Mas a mala não está no fundo do armário. Não adianta ficar aqui parado. Tenho de encontrar essa mala. Sento-me na cama que já foi nossa. Ela não disse onde enfiou a mala.

4

Não adianta ficar aqui parado. Eu não posso me esconder eternamente de um homem que não sei quem é. Preciso saber se ele pretende continuar me perseguindo. Quando esse homem cansar de tocar a campainha e for embora, me levantarei da cama e irei atrás. Já terá caído a tarde, e ele dará por encerrado o expediente, decidindo voltar a pé para casa. Estará cansado, estará ficando corcunda, e lastimará mais um dia de trabalho inútil. Morará numa casa de vila não longe daqui, mas assim que lhe puser os pés, será de manhã. Pela janela o verei recém-chegado, e já se despedindo da mulher grávida. A mulher grávida nunca saberá se ele vai beijá-la, ou se está apenas cada dia mais corcunda. Sairá da vila e atravessará a rua sem me ver. Entrará na empresa, um prédio com cinquenta e cinco andares, e seu departamento funcionará no terceiro subsolo. Eu serei barrado por falta de crachá, mas poderei espiá-lo pelo circuito fechado. Passará a manhã cotejando suas fichas com a documentação do arquivo central, que estará no chão. Haverá muito serviço atrasado, sem contar o que ele pega por fora para completar o salário. Receberá instruções para perseguir um árabe que mora no subúrbio, e que ele já terá perseguido outras vezes, sem êxito. A frota da empresa recusará missão no subúrbio, e a verba para o táxi estará suspensa. Ele sairá do prédio pouco disposto a tomar três ônibus e um trem para perseguir um árabe que não para em casa. Não notará que o acompanho até o cinema da esquina, onde levam um filme pornô. Arranjarei lugar na fila atrás da sua, e conhecerei a nuca do meu perseguidor. Largará o filme na cena das duas grávidas, e andará cabisbaixo pela cidade, pensando no árabe. Já estará anoitecendo quando ele reconhecerá as pedras portuguesas da calçada do prédio em L, onde estarei morando com minha ex-mulher. Então se lembrará de me perseguir e ainda pegar o jantar em casa, podendo fraudar um relatório antes de dormir. Não suspeitará que o vejo parar à minha porta, corrigindo a postura diante do olho mágico, e terá unha imunda o grosso polegar que aperta campainhas. Quando ele esmurrar a porta, estarei na cama. Tentará arrombar a porta, mas dormirei profundamente. Sonharei que ele grita meu nome e tem voz de mulher afônica. É ela.

Salto da cama. Minha ex-mulher entra em casa cheia de gás, mas só consegue pronunciar "você...".

Não contava me ver nu abrindo a porta, e vacila com a visão do apartamento. Faz o giro da sala, para na entrada do banheiro, sai andando de costas, anda que nem bêbada, entra no quarto e mergulha na cama aos prantos. Pensei que ela fosse dizer "tá satisfeito?", mas não diz mais nada, fica deitada de bruços, soluça com o corpo inteiro, e não sei o que fazer. Só posso olhar o corpo dela se debatendo, o lado esquerdo bem mais que o direito e, olhando aquilo, de repente me vem um forte desejo. Eu mesmo não entendo esse desejo, é contra mim. É um contrassenso, pois se ela agora me chamasse, e com a boca molhada dissesse "vem", ou "sou tua", ou "faz comigo o que te der prazer", talvez eu não sentisse desejo algum. Mas ela chora da cabeça aos pés, os pés contorcidos para dentro e as mãos arrancando os cabelos, num espasmo que me deixa espantado, um espanto que aumenta o meu desejo. Eu não queria desejar uma mulher assim arrebentada. E se ela me vir neste estado, vai achar que é de propósito. Procuro pensar noutras coisas, e lembro que ela sempre guardou nossas malas embaixo da cama. A minha é uma meio antiga, de curvim. Visto um jeans, uma camiseta branca sem publicidade, e ainda descubro no fundo da mala uns tênis pouco rodados e de bom tamanho que nem sei se eram meus.

É noite e faz um calor abafado. A mala até que está leve, mas carregá-la é incômodo, chama a atenção. Paro no meio-fio e faço de conta que espero um táxi. Um táxi freia e eu saio andando com a mala, fingindo conferir a numeração dos edifícios. Dobro a esquina e tomo uma rua sem movimento; talvez um assaltante me livre da mala. Com o sono em dia e de banho tomado, poderia andar por aí até amanhã, sem compromisso. Mas um homem sem compromisso, com uma mala na mão, está comprometido com o destino da mala. Ela me obriga a andar torto e depressa. Quando dou por mim, estou ao pé das ladeiras que levam à casa da minha irmã. Parece que era esse o caminho arrevesado que eu faria se fosse cego. E estas são as ladeiras íngremes que subo como água ladeira abaixo.

Fazia tempo que não vinha aqui de noite, e quando vi à distância a nova iluminação do condomínio, pensei que fosse uma filmagem. Um aparato de holofotes azula os paralelepípedos, devassa as árvores por baixo das copas e ofusca a vista de quem chega. Não localizo o vigia que pede para eu me identificar. É mais de um vigia, são várias vozes que repetem meu nome como um eco na guarita. A resposta também chega em série, e tenho que ouvir "não consta da lista", "não consta da lista", "não consta da lista". Depois ouço uma risada que vai e volta, e uma cigarra emaranha-se nos meus cabelos. Não sei de que lista estão falando, só quero deixar uma mala na casa 16, e devo ter algum problema porque as vozes vão se alterando. Perguntam o que trago naquela mala, e antes que eu possa responder, uma silhueta arranca a alça da minha mão. Apesar do tranco, fico agradecido; a mala encontrou seu destino e estou afinal solto dela. Penso que estou solto de tudo, que a cidade me espera, mas quando ensaio a retirada, umas garras penetram meu braço e arrastam-me de volta ao foco de luz. Um camarada de jaquetão bege vem me abraçar, depois desce as mãos pelas minhas costas, apalpa as minhas nádegas, virilhas, coxas, atrás do joelho, e está revistando meu tornozelo quando chega um carro grande e preto com vidros fumê. Abre-se um centímetro na janela da frente, e o homem que está na direção fala um nome comprido de mulher. A guarita acha que está bom e aciona o portão eletrônico, mas o carro não dá a partida. Uma voz de mulher pergunta se não quero subir. Procuro a mulher no clarão da guarita, mas a voz vem da treva do fundo do carro preto. Todos os vigias baixam da guarita para atender à voz, falam "positivo madame", em seguida o chofer sai do carro e abre a porta de trás para eu entrar.

É uma amiga magrinha da minha irmã que conheço de olá há muitos anos, e está com um binóculo na boca. Pergunta se gosto de caubói, e oferece-me um gole do binóculo. Depois apanha uma garrafa de uísque atrás do encosto e diz que meu cunhado, não dá para confiar nem na bebida dele. Tenta baldear o uísque da garrafa para o gargalinho do binóculo, mas o carro bordeja na ladeira, ela sacode-se de rir, e o uísque ensopa a saia curta do seu tailleur. Fala "ih, caceta". Há um congestionamento no final da ladeira, e ela resolve saltar ali mesmo. Saracoteia de salto agulha nos paralelepípedos. Entra na festa com os sapatos na mão e o binóculo pendurado no pescoço.

Se eu soubesse que minha irmã dava uma festa, teria ao menos feito a barba. Teria escolhido uma roupa adequada, se bem que ali haja gente de tudo que é jeito; jeito de banqueiro, jeito de playboy, de embaixador, de cantor, de adolescente, de arquiteto, de paisagista, de psicanalista, de bailarina, de atriz, de militar, de estrangeiro, de colunista, de juiz, de filantropa, de ministro, de jogador, de construtor, de economista, de figurinista, de contrabandista, de publicitário, de viciado, de fazendeiro, de literato, de astróloga, de fotógrafo, de cineasta, de político, e meu nome não constava da lista. Parte desses convidados ocupa as mesas redondas que foram armadas no jardim. Como não conheço ninguém, tenho liberdade para contornar as mesas e emendar fragmentos de discursos, discussões, gargalhadas. Outras pessoas reúnem-se de pé na extensão do gramado, formando uma sequência de círculos. Posso observar como se comporta um círculo, como se fecha, como se abre, como um círculo se incorpora a outro. Vejo circunferências que se dilatam exageradamente, até que se rompem feito bolhas e dão vida a novas rodas de conversa.

Vejo rodas sonolentas, que permanecem rodas pela geometria, não pelo assunto. Tento acompanhar assuntos que saem de uma roda para animar a outra, e a outra, e a outra, como uma engrenagem. Há instantes em que a festa inteira parece combinar uma pausa, e ouve-se então um acorde da orquestra que toca músicas dançantes no interior da casa.

Desço por uma aleia à luz de tochas onde já não há rodas; as pessoas encontram-se de par em par e conversam em surdina. Passa por mim um rapaz com uma taça de vinho branco em cada mão. O rapaz tem um rosto bonito, um pouco bonito demais, e desaparece numa depressão do terreno, além das tochas. O céu é o mesmo céu bruto de ontem à noite, e ainda não vi minha irmã. Lá no fundo, o círculo translúcido da piscina salta do negrume como um antipoço.

Rodeio a piscina, o vestiário, a quadra de tênis, e sinto que as folhagens começam a se agitar naquela baixada. Tento seguir até o final do terreno, no limite do horto florestal, mas o vento lança areia nos meus olhos. Acho improvável que minha irmã esteja ali, e quase esbarro no rapaz muito bonito, que sobe de volta despenteado. Passa olhando por cima da minha cabeça, leva as duas taças de vinho ainda cheias, e desvia por um atalho que eu não conhecia. O atalho termina num nível abaixo da casa, onde há um barranco de terra compactada entre alicerces, um ponto onde ninguém marcaria encontro. Nas juntas dos pilares de aço com a laje de sustentação da pirâmide foram chumbados panelões de luz amarela que atraem e fulminam todos os insetos. O rapaz dá voltas erráticas sob a laje do grande salão, que balança na cadência da orquestra. Anda com a cintura presa, por equilibrar as taças, e mantém a fisionomia compenetrada, como um modelo fotográfico. Para diante de um panelão de luz e vira o rosto para mim num movimento abrupto, jogando para trás os cabelos que lhe caíam na testa. Pergunta "que horas são?", mas estou de camiseta e é evidente que não uso relógio.

Subo a escadinha de pedra de volta ao jardim, que recebeu nova leva de convidados. Abro caminho em direção à casa, e no hall de entrada me envolvo com um grupo de moças que saem da dança se abanando, soprando os decotes de suas blusas pretas. Vêm chegando do jardim dois homens de uns cinquenta anos, bronzeados, bebendo vodca, ambos com sapatos brancos e jeito de sócios do Iate Clube. O mais alto traja um blazer azul-marinho com botões dourados, e usa gel nos cabelos grisalhos. O baixinho de axilas encharcadas usa uma cinta anatômica por baixo da roupa, deformando o abdômen que supõe disfarçar; é esse o marido da minha irmã, e aponta para mim. Enfio-me entre as moças de preto, entro na casa, busco um banheiro, mas sou interceptado por um rapaz que julga me conhecer. Sacoleja meus ombros e diz "você estava certo!, você tinha razão!". Diz outras coisas que não entendo, com grande veemência e velocidade, como se me transmitisse uma corrida de cavalos. Meu cunhado me alcança com o amigo grisalho, a quem me apresenta dizendo "é esse". O grisalho diz que é sempre assim, que em toda família que se preze existe um porra-louca. Meu cunhado quer me defender e diz que sou meio artista, dá-me um soco nas vértebras e diz "não é mesmo?". Diz que o amigo tem uma casa de campo vizinha ao nosso sítio, mas desistiu do veraneio porque a região anda muito mal frequentada. Diz que o amigo diz que deixei nosso sítio virar um antro de vagabundos. Vejo passar um garçom afoito, saio no encalço de um uísque e me infiltro no salão, onde as pessoas dançam e batem palmas marcando o tempo da música. Atravesso o salão por trás da orquestra, e vou dar na sala de jantar. Abordo o bufê, hesito entre os canapés e uns camarões espetados num repolho, quando escuto "vagabundos, marginais e delinquentes". Meu cunhado diz "não acredito", puxa a minha camiseta e pergunta "você sabia?". O grisalho diz "vá lá ver", e meu cunhado, "nunca fui, minha mulher detesta". O grisalho diz "era um paraíso", meu cunhado, "e a polícia?", o grisalho, "cansei de dar queixa", e não sei o que mais dizem, pois assisto à escalada da ventania que apagou tocha por tocha nas aleias, e agora revira os móveis do jardim. Garçons galopam no gramado com toalhas de mesa coloridas, parecendo festejar um campeonato.

Abro uma porta que dá na copa, e o rodeio de bandejas me desorienta para uma outra sala, desproporcionada, deserta e branca, que desconfio ser uma sala de troféus de caça sem troféus de caça. Nas paredes altas parece reverberar a voz do meu cunhado, "minha mulher detesta", "minha mulher detesta". Espio o jardim de inverno, o pátio interno às escuras, a mesa oval, a grande escada, e ali também não há ninguém. Aquela é uma escada atraente, mais larga que alta, que um casal poderia descer dançando. Se eu subisse agora para o segundo andar, ninguém me veria, como ninguém viu da primeira vez.

Era um domingo no início deste verão, e eu viera visitar minha irmã de surpresa. Ela estava na piscina com uns amigos, e lembro que usava um maiô inteiro, cor de vinho. Dei um mergulho, passei óleo no corpo, tomei sol, mas não me entrosei porque ali só se falava de viagens, de cidades e pessoas interessantes que nunca vi. Rodei pelos jardins sem ser notado, entrei em casa e bebi uma cerveja na cozinha, onde um rapaz pendurado nuns andaimes limpava a gordura das vidraças. Meu cunhado havia saído, acho que a filha também, e era folga da maioria dos empregados. Liguei a aparelhagem de som, passeei de sandálias pelos salões, e vim dar nesta escada. Vi-me subindo a grande escada. Vi-me não tanto querendo ir, mas como que sendo chamado pelo quarto da minha irmã. Não sei por que, passou-me a ideia de que minha irmã queria que eu olhasse o seu quarto, dispensando família, amigos e criadagem do meu caminho. Atravessei um corredor cheio de portas falsas, sabendo muito bem onde era o quarto. Eu não precisaria entrar para saber como era o quarto dela, pois já imaginava conhecê-lo intimamente. Mas a curiosidade é mesmo feita do que já se conhece com a imaginação. Entrei no quarto ainda desarrumado e reconheci os espaços, a temperatura, a luminosidade, o tom pastel, gravuras orientais pelas paredes. No meio daquilo, a cama de casal me apareceu como uma instalação insensata; eu jamais pudera imaginar que minha irmã e o marido dormissem no mesmo quarto.

Hoje encontro a porta encostada, o quarto escuro, e arrependo-me um pouco de ter entrado. Os metais da orquestra chegam cá em cima com toda a potência, mas estou certo de ter ouvido um suspiro, um suspiro de voz conhecida. Sinto que me habituarei à penumbra e verei dois corpos na cama. O homem poderá ser o rapaz bonito das taças de vinho, e terá os ombros muito brancos. E a mulher, ela verá que estou ali, mas não vai mais conseguir interromper, não vai querer interromper, e estará com os cabelos castanhos abertos como um leque no lençol, e vai me olhar de um modo que nunca me olhou. Pretenderei virar as costas, mas estarei emperrado. Experimentarei dizer "agora chega", mas sairão outras palavras. Determinarei não enxergar mais nada, o que será ingênuo; fecharei os olhos com tanto ímpeto, que as pálpebras cairão no chão.

Minha visão clareia e não há ninguém no quarto. Ali está a cama impecável, com uma colcha de renda antiga e almofadões. Naquele domingo aquela cama me desgostou, o lado do marido todo amarfanhado, e dei o quarto por visto. Estava me retirando quando ouvi uns passos no corredor. Se eu tivesse pedido à minha irmã, claro que ela largaria os amigos na piscina e me mostraria a casa inteira de bom grado. Mas ela topar comigo no quarto, ela me flagrar de calção úmido no quarto dela, seria lamentável. Precipitei-me por uma porta ao lado da cama, e dei num closet que era mais uma sala, com vista para o pátio interno, clara como um aquário e sem outra saída. Os passos chegaram ao quarto, e eu estava encurralado. Achei que ela entraria no closet para trocar de maiô, porque há uma hora em que elas trocam de maiô. E eu me esconderia entre as roupas de inverno, e pelo espelho a veria a ponto de despir o maiô cor de vinho. E ela poderia rodopiar e me surpreender pelo mesmo ângulo, ou talvez apenas me pressentisse, e desejasse despir-se distraidamente para mim. Mas os passos em zigue-zague pelo quarto não eram dela. Os ruídos eram de arrumadeira, correndo as cortinas e basculando as janelas, juntando copos, cinzeiros, jornais e suplementos pelo chão. Percebi que o serviço iria demorar, pois não se tratava de arrumação domingueira, de puxar os lençóis fazendo montinho embaixo do colchão; eram flops generosos de lençóis-bandeiras, próprios de camareira de grande hotel.

Entro hoje naquele closet pela segunda vez, e mesmo sem acender a luz, sei por onde ando. Ando pelo setor dela e roço camisolas, véus, vestidos, balanço mangas de seda. Sei que metade da parede esquerda é ocupada por uma sapateira que naquele domingo me encheu os olhos: botas, mocassins, escarpins, quantidade de modelos em todas as cores. Atrás da sapateira há uma reentrância de que me lembro bem, pois foi ali que me embuti quando a arrumadeira entrou no closet, levou um bom tempo manejando cabides, e encerrou o serviço. Naquele meu canto havia uma estante repleta de caixas que fui abrindo, encontrando mais sapatos, ainda virgens. Depois abri uma caixa redonda tipo chapeleira, e dentro dela estava outra caixa, também redonda, e saiu outra de dentro, e mais uma, que nem boneca russa. Dentro da última chapeleirinha encontrei uma bolsa de camurça clara. Intrometi-lhe a mão e toquei as joias da minha irmã.

Em mostruário ou em corpo de mulher, minha vista pode não discernir a joia nobre. Mas havia como que uma transpiração naquelas pedras, e minha mão logo captou a sua natureza. A mão já entorpecia ali dentro, e não sabia mais largar as pedras. Larguei, refiz o laço no cordão de camurça, e coloquei de volta a bolsa com as joias na caixa da caixa da caixa da caixa. Lembrei-me da conversa na piscina, as mulheres comentando que nesta cidade ninguém mais é louco de andar com joias. "Na Europa é supernormal", dizia uma, "inclusive no metrô, usar joia é supernormal." Significava que, para a próxima viagem, minha irmã viria buscar suas joias nessa bolsa de camurça. Faltasse alguma coisa, uma miçanga que fosse, e a arrumadeira iria para o olho da rua. Deixei o closet considerando-me um bom sujeito. Despedi-me de longe do pessoal na piscina, mas creio que nem minha irmã me ouviu.

Agora tateio a estante das caixas e reconheço a chapeleira. Levanto as sucessivas tampas e aliso a camurça. Repartir as joias entre os quatro bolsos do meu jeans é um gesto rápido como um reflexo. Um ato tão silencioso e obscuro que nem eu mesmo testemunho. Um ato impensado, um ato tão manual que pode se esquecer. Que pode se negar, um ato que pode não ter sido.

Ao passar do closet para o quarto, sou paralisado por um "olá" de mulher. Desta vez há mesmo alguém na cama. Ela vem se chegando descalça, e é a magrinha amiga da minha irmã com um batom na mão. Penso que vai pintar a boca, mas é à narina que ela leva o batom e aspira fundo. Fala "ih, caceta" e atira longe o batom. Atraca o corpo ao meu e diz "melou". Abraça-me, comprime suas coxas contra as minhas, e deve sentir a saliência das joias nos meus bolsos. Desembaraço-me, procuro a saída, mas ela grita "olha!". Abre dois botões do tailleur, vai descobrindo o seio esquerdo e diz "você não me conhece". No corredor, ainda escuto "eu sou carinhosa!" e "eu sou hiperdoida!".

A escada está desimpedida, o jardim de inverno, a sala de troféus, e num pulo alcanço a escada em caracol que dá na garagem; que daria na garagem, porque a porta está trancada e levaram a chave. Sou obrigado a voltar pela copa. Ali me vejo no meio de uns homens que parecem de outra circunstância, cada qual com seu embrulho ou sacola de supermercado, e cara de quem não gostou da festa. Sem querer, faço parte do cortejo desses homens de roupas tristes, saindo pela porta de serviço. À luz da manhã, barbas começando a pontilhar seus rostos, parecem homens destituídos, carregando garçons embrulhados debaixo dos braços. Como eles, recebo um envelope de um rapaz que diz "gratificação do dono da casa". Sento-me com eles numa das kombis que esperam lá fora. Partimos em silêncio. A kombi dá voltas sem rumo pela cidade, e ninguém se manifesta. Às vezes desce um, como que mareado. Ao cabo de muitas voltas, restamos eu e o motorista. Estacionamos numa praça, e não sei se é ponto final ou se acabou a gasolina. Abro a porta e vou a pé para a rodoviária.

5

O ônibus é um calhambeque e sobe a serra superlotado. Vai passageiro em pé, perdi meu lugar na janela, meu vizinho de banco é corpulento, levo joias nos bolsos, estou sentado em pedras, mas viajo com uma sensação de conforto. Acho que é porque chove. O asfalto espelhado, o verde retinto, árvores como roupa torcida, essa estrada é minha. Numa curva intensa para a direita, sinto o ombro do meu vizinho de banco pressionando o meu, e rio por dentro. Rio porque me lembro de quando íamos para o sítio de carro com meus pais, eu e minha irmã no banco traseiro. Curva para o meu lado, e eu jogava o corpo para cima dela, fazendo "ôôôôôôô". Curva para o lado dela, e era ela que caía para cá: "ôôôôôôô". A lembrança me bate com tanta força que chego a sentir o cheiro da cabeça da minha irmã, que ela dizia que era do cabelo, e eu dizia que era da cabeça, porque ela mudava de shampoo e o cheiro continuava o mesmo, e ela dizia que eu era criança e confundia tudo, mas eu tinha certeza que aquele cheiro era da cabeça dela, então ela me perguntava como era o cheiro, e eu perdia a graça porque não sabia explicar um cheiro, daí ela dizia "tá vendo", mas a verdade é que nunca esqueci, já cheirei a cabeça de muitas mulheres e nunca mais senti nada igual. Agora a curva fecha para a esquerda, e sem querer me vejo abandonando o corpo contra o corpo do vizinho, quase fazendo "ôôôôôôôô". Talvez ele tenha também uma boa lembrança, talvez ele tenha tido uma irmã como a minha, com cheiro de cabeça igual a ela, e vai rir baixinho como eu ri. Acho mesmo que ele gosta da coisa, pois a curva é em S e lá vem ele descambando para cima de mim.

Não é razoável que tenha chovido tanto em minha infância. Mas me vejo menino, e chove. Minha irmã já adolescente, e chove. Os dois no riacho, em roupa de banho, queimados de sol, e chove. O sol, vejo o sol no cimento, vejo o gato deitado no sol do cimento, e chove. Pode ser que então não chovesse; a chuva imprimiu-se mais tarde na memória. E já havia me esquecido da brincadeira, quando o grandalhão da janela vem desmoronando aquele corpo todo para o meu lado, numa curva bem mais aberta do que era antigamente. Não estou mais a fim daquilo, começo a achar chato. Mais uns duzentos metros, e lá vem ele outra vez. Vou reclamar, vou cutucar seu braço, mas quando olho as mãos do indivíduo, as mãos do indivíduo são de cera. Juro que parecem de cera aquelas mãos, eu nunca havia visto mãos daquela cor, a não ser as mãos cruzadas do meu pai no caixão. Olho para o rosto dele, e é feito da mesma cera, da mesma ausência de cor cinza-oliva, e tem uma expressão que é de quem não vai mais para lugar nenhum. Talvez eu devesse gritar, fugir, mandar parar o ônibus, mas ninguém ali se incomoda de ver um defunto sentado comigo. As pessoas que viajam em pé, de frente para o meu banco, estão achando normal. Menos uma preta gorda com os olhos esbugalhados, mas é para mim que ela olha, não para o cadáver. Talvez eu devesse mesmo tomar alguma providência, mas está chegando o meu ponto. Levanto-me com cuidado, escorando o defunto para que não desabe, e a preta gorda ocupa logo o meu lugar. Falo "Posto Brialuz" para o motorista, e olho o fundo do ônibus. Com a freada, tenho a impressão de que o defunto cai duro para a frente, dá com a testa no banco dianteiro e volta ao seu assento. Salto do ônibus, dou quatro passos na relva, viro-me de repente e vejo a cabeça do morto no centro da janela, olhando fixo para mim. O ônibus demora a partir, e não consigo escapar do morto. Ando na relva para lá e para cá, e para qualquer lado que eu vá o morto me olha de frente, mesmo sem virar o rosto, parecendo um locutor de telejornal, mudo. O ônibus parte devagar, e agora a cabeça do morto vai girando para trás, sempre olhando para mim, como se o seu pescoço fosse uma rosca.

A cancela do sítio não está aberta nem fechada. Solta do barro após cinco anos, chicoteia para dentro e para fora, tal qual vela de barco na procela. Para vencê-la, tenho que aguardar sua lambada em minha direção, esquivar-me com ginga de boxeador e imobilizá-la nas ancas. Estou logrando essa façanha quando desponta um furgão caramelo-metálico, novo em folha, sem placa. Vem deslizando a mil no lodaçal, espirrando para todos os lados, mas ele mesmo vem imaculado, reluzente, cor de sol. O motorista é atencioso e freia a três metros da entrada, poupando-me do banho de lama. Faço sinal para ele passar primeiro, pois não me custa reter a cancela naquela posição. Mas um mulato longilíneo, de brinco na orelha esquerda, cabelo alisado e óculos escuros, desce pela porta de trás e convida-me a entrar no carro. Sento-me entre ele e um que parece seu irmão gêmeo, brinco, cabelo e tudo, tendo à frente o motorista ruivo e cheio de anéis, e o copiloto mais velho que os outros, quase calvo e de nariz achatado. A cancela, que se manteve aberta e trêmula nesse entretempo, dá uma bofetada no ar assim que nós passamos.

Descemos a estradinha do sítio até o riacho, de onde desviamos para a antiga casa de hóspedes. A construção caiada com madeirame azul hoje parece apenas uma base para a ampla aba de amianto que cobre um pavilhão anexo, onde se instalou uma espécie de oficina mecânica. Nosso furgão estaciona entre uma carcaça de carro incendiado e um jipe pintado com zarcão; ali também estão alguns chassis e motores abertos, as três motos vermelhas que eu já conhecia, mais duas pick--ups, um carro esporte imitando modelo antigo e um conversível com placa do estrangeiro. Atrás do pavilhão há ainda meia dúzia de trailers enfileirados feito um comboio. O gêmeo encaminha-me ao último carro, faz-me entrar e fecha a porta por fora.

Seria um trailer espaçoso, se houvesse sobrado algum espaço entre os tonéis de ferro e caixotes acumulados. O oxigênio circula pouco ali dentro, e o ambiente cheira a acetona. Sento-me numa nesga de chão, de frente para a única janela que ficou desimpedida. Escurece de repente, e levo uns segundos para entender que uma vaca malhada encostou a cabeça no vidro da janela. A cabeça da vaca enquadra-se na janela com exatidão, e se estabelece. É uma vaca fatigada. Sua pálpebra de quando em quando lambe o olho, num movimento grave que aprendo a prever. Também me familiarizo com a baba no canto de sua boca, que pende a meio palmo e sobe, pende e sobe de novo. E às vezes a vaca malhada meneia o queixo para a frente, de leve, como quem me pergunta "e aí?", ou "como é que é?", ou "o que é que você acha?". Quando o gêmeo reaparece na porta, deduzo que se passou um longo tempo. Mas foi um tempo que não me pesou esperar, talvez por eu ter esperado com o tempo da vaca.

O gêmeo acende a luz e posta-se à minha frente, tapando a janela e a vaca. Tem as pernas magras e muito compridas, e usa uma calça de couro que aperta e alastra os seus colhões. Seu cinto é uma corrente de bronze. Traz as mãos à cintura e a jaqueta acolchoada semiaberta, deixando ver a ponta de um cano que escapa de uma bainha interna. Continua de óculos ray-ban e parece excitado, pois começa a esfregar a sola da bota no piso do trailer. Estamos separados por um caixote baixinho, e é ali que vou depositando as joias: placa de brilhantes, relógio de ouro, colar de pérolas de quatro voltas com fecho de brilhantes, pingente de rubi com brilhantes, broche de safiras, par de brincos de safiras, conjunto de brincos, pulseira e anel de esmeraldas, anel de platina e água-marinha, aliança de brilhantes, solitário.

Ele ergue os óculos e permanece algum tempo calado diante das joias, sem tocá-las. Depois faz um bico do tamanho de um figo, diz "hum-hum", balança a cabeça com aprovação e diz "material beleza". Sai, bate a porta e volta daí a pouco, mas deve ser o outro gêmeo porque já chega desmanchando a exposição. Feito biscoitos, varre as joias do caixote com as costas da mão e diz "a gente aqui não mexe com isso". Quando vou catar as pedras, recebo na face direita um golpe violento, não sei se de algum objeto ou de joelho, ou ponta de bota ou caratê, e o susto é maior do que a primeira dor. O foco da dor adormece e ela se irradia para o resto da minha cabeça, e a envolve, e é fora da cabeça que a dor me dói. Rodeado de dor, eu mesmo não sinto mais nada, e estou cego e surdo.

Ainda cego, começo a ouvir uma desavença que não entendo, mas sei que se dá entre os dois gêmeos; discutem com vozes tão idênticas que parecem vozes de um só homem em contradição. Depois um deles se retira, e o outro me levanta pelo pescoço, conduzindo-me para fora. Quando recupero a visão, já estou entrando num outro trailer, maior que o primeiro, com cheiro de novo e todo atapetado, macio de pisar. O ruivo está inclinado sobre uma mesa com tampo de vidro roxo, dedilhando as minhas joias. Sobre a mesa há ainda um vaso de cristal, um punhal com cabo de marfim trabalhado, uma televisão portátil, vidros e tubos de remédio, um buda de porcelana, um estojo de madrepérola e um telefone imitando tartaruga. Os gêmeos ficaram de pé junto à porta, como duas pilastras. E o quarto homem, de cabelos ralos e nariz de pugilista, está recostado com as pernas abertas numa poltrona, me observando. Afinal o ruivo pigarreia para anunciar a fala, e fala olhando para as joias, com uma voz que eu não esperava tão suave, quase feminina. Diz "a mercadoria é boa". Ergue um broche, fecha o olho esquerdo, gira a safira contra a luz da janela e diz "tem jogo". Guarda as joias nos oito bolsos do seu paletó de veludo e, falando comigo por tabela, diz "volta outro dia" olhando para o ex-pugilista. Quando vou saindo, um gêmeo barra a minha passagem; o outro me oferece água, que ponho na boca e vira sangue.

É dia ainda, quase bate um sol, e me pergunto se chegou a chover dentro do sítio. A estradinha e a vegetação estão enxutas até o nível da cancela, e dali para fora não se vê mais nada; o sítio é uma ilha boiando no nada, com a neblina espessa vedando os seus contornos. Se eu agora cruzasse a cancela, acho que não teria onde pisar. Desço a estradinha de terra, e constato que ela se bifurca um pouco antes de chegar ao riacho. No meio do bambuzal abriram uma picada que vai dar num roçado novo, onde foi montado um camping. São dezenas de barracas de poliéster em verdes camuflados, que não pude ver na outra noite porque entrei às cegas, nem na manhã seguinte porque saí com pressa. Desvio-me entre as pequenas tendas de formatos variados, cubos, prismas, pirâmides, circos, iglus, caramujos, e não há sinal de vida. Já perto da ponte de tábuas escuto um ruído eletrônico, e uma irradiação de futebol que vem de uma barraca semelhante a uma lagarta. Penso em perguntar o resultado, como todo mundo faz, mesmo sem saber quem está jogando. Ajoelho-me diante do postigo, removo o mosquiteiro, e lá dentro alguém protesta com um gemido rouco.

Dirijo-me à casa principal, e julgo avistar sombras arrastando-se das vertentes para as bandas do camping, como um exército escangalhado. Dobro o passo, entro na casa pela cozinha, e encontro a menina da cabeleira crespa diante do fogão de lenha. Trepada no tamborete, segura com as duas mãos a enorme colher de pau, mais remando que mexendo a sopa no caldeirão. Estaca um segundo quando me vê, mas logo sorri e incrementa o remelexo. O caseiro velho dorme rijo na diagonal de uma cadeira, um blusão de náilon vermelho cobrindo seu rosto, e uma touca de plástico prendendo seus cabelos recém-tingidos de acaju. Vai despertar com a algazarra das crianças, umas vinte, que daí a pouco acometem a casa. Trazem dinheiros úmidos, que o velho coleta de mão em mão e joga numa mochila. Só então ele me vê e se encabula, depois se emociona e diz "Deus lhe abençoe, Deus lhe abençoe", fazendo questão de me acompanhar ao meu antigo quarto.

Não demora a bater a menina da cabeleira. Já estou deitado e acho ruim, acho que ela vai querer dormir no colchonete. Não abro, mas ela entra assim mesmo, trazendo um prato de sopa. Canta em falsete uma melodia indefinida, com palavras inventadas. Quando vejo que já vai, sinto vontade de lhe perguntar qualquer coisa, mas ela tem os ouvidos tapados com um fone de walkman. Sua sopa é uma vaga canja, um caldo de arroz que tomo sem dissabor. Há um videogame parado na televisão, carros de fórmula 1 no grid de largada. O sangue estancou nas minhas gengivas, mas alguns molares no lado direito me parecem bambos. Fecho os olhos e vejo diamantes. Ouço um gemido rouco que não sei se é meu.

6

A dor latejante me arranca da cama de manhãzinha. A porrada da véspera, eu havia esquecido e, sem querer, perdoado. Em represália ao perdão, meu rosto inchou durante a noite e a boca acordou gelatinosa. Saio do quarto para não dar com a cabeça nas paredes. Saio disposto a estrebuchar no pasto, mas o ronco do velho me sorve para dentro da despensa. Ele dorme nu, encaracolado no meio de umas estopas, a garrafa de Underberg espetada nas pregas da pele, ou da estopa. Agadanho a garrafa. Atravesso a cozinha e, para sair, tenho de afastar com a porta as pernas da menina da cabeleira, que está deitada no chão de lajotas e não se perturba; dorme ouvindo o walkman e cantando baixinho, na língua do seu sonho.

Lá fora, bochechando com Underberg, me animo mais ou menos para a nova jornada. O céu amanhece encarnado, e vem por aí um sol rancoroso. Livro-me da garrafa quando estoura a voz do velho, que despertou mal-humorado e ameaça tocar fogo na casa. As crianças pipocam das janelas e disparam a caminho do pomar, trocando rasteiras e safanões. Voltam carregando limões, mais do que podem seus embornais, e sobem cuspindo-se pelo sítio afora. Apanho um limão que carambola no talude, e vem-me um arroubo de ir embora atrás do bando. Era um arroubo idiota, como todos, e meu fôlego esgota-se no platô da piscina vazia.

Com um limão-galego na mão, mais o álcool me ardendo nas bochechas, não posso não pensar no meu amigo. Lembro-me de dias inteiros tomando caipirinha, eu e ele nesta beira de piscina. Lembro-me bem do nosso último fim de tarde no sítio, cinco anos atrás, ele sentado ali mesmo, já meio grogue, com a fala cremosa. Ele olhando o horizonte e passando os dedos nos cabelos, passando os cabelos lisos para trás da orelha, num gesto que, lembrando agora, parece copiado da minha irmã. No dia em que ele fez esse gesto eu não achei nada, e na certa não tinha nada que achar. Mas hoje, além do gesto, descubro um brilho em seus olhos que me incomoda. O brilho deve ser reflexo do horizonte que ele olhava, mas na minha lembrança não entra o horizonte, e os olhos brilham por brilhar.

Meu amigo bebia comigo na piscina, e àquela altura a sua conversa já não fluía. Acho que ele falava de literatura russa, mas não tenho certeza, pois as palavras saíam enroladas e se perderam. Mas sua imagem me volta cada vez mais nítida; lá está a correntinha de ouro no pescoço, meio embaraçada, a pinta cabeluda logo abaixo do cotovelo, as costelas saltadas no flanco feito um teclado, o calção branco com três listras verdes verticais. Só não consigo me lembrar dos pés do meu amigo. Vivíamos descalços, e não me ocorre ter olhado alguma vez aqueles pés. Nunca reparei se eram grandes ou bonitos. Não sei dizer se os pés do meu amigo eram enormes, como os do professor de ginástica assassinado.

Torno a me lembrar do meu amigo olhando o horizonte, seus cabelos molhados negros como nunca, e ele agora se penteia com mais vagar que antes. Provavelmente se sentindo lembrado, tira longo proveito da situação. Traga um cigarro, que na lembrança anterior nem existia, e fica se deixando olhar, como um ator de perfil. Que se vira para mim de repente, querendo me surpreender, com um brilho nos olhos que me incomoda de novo. E já vai anoitecer sem que eu tenha conseguido olhar seus pés. Mas mesmo aquilo que a gente não se lembra de ter visto um dia, talvez se possa ver depois por algum viés da lembrança. Talvez dar órbita de hoje aos olhos daquele dia. E é assim que vejo finalmente os pés do meu amigo, pelo rabo do olho da lembrança. Vejo mas não sei como são; são pés refratados dentro da água turva, impossíveis de julgar.

Imagino meu amigo recebendo rapazes no apartamento. Meu amigo no sofá da sala, tomando campari e dizendo poesia para os rapazes. Com os pés descalços no sofá, mas disfarçados entre as almofadas, meu amigo passando os cabelos para trás da orelha, e imagino algum rapaz se irritando com a coisa toda. Meu amigo abrindo o álbum dos poetas franceses, e o rapaz encolhendo-se no sofá. E enchendo-se de ódio, e sofrendo de um outro ódio por não entender que ódio cruzado é aquele que o domina, e que é feito de muita humilhação e que é desprezo ao mesmo tempo. Imagino a poesia sendo interminável e o rapaz enlouquecendo, indo buscar uma corda no varal, ou uma faca na cozinha, mas daí para a frente já não dá para imaginar, porque o meu amigo nunca seria professor de ginástica. Lembro-me mais uma vez dele ao meu lado, olhando o horizonte, os braços apoiados na borda da piscina, e nem bíceps o meu amigo tinha. Lembro-me do instante em que ele ergueu o copo, agitou o copo seco com uma rodela de limão grudada no fundo, e fez menção de se levantar para reforçar a caipirinha. Ameaçou trazer os pés à tona, e eu os veria de muito perto, como vi anos depois os pés do morto. Agora me dá grande aflição a ideia de ter visto os pés do meu amigo, pés que eu olharia tranquilamente no tempo da lembrança. Mas o gesto instintivo deve ser reflexo de uma intenção que está noutro tempo. E naquela tarde eu pus a mão no seu joelho sem saber por que o fazia, e disse "não". Arranquei-lhe o copo e fui preparar a caipirinha dupla.

O álcool que levava o meu amigo para o lado da poesia também podia atacar seus nervos, deixá-lo agressivo. Era noite, e já estávamos jantando na varanda quando ele decidiu que eu era um bosta, sem mais nem menos. Disse assim mesmo: "você é um bosta". E disse que eu devia fazer igual ao escritor russo que renunciou a tudo, que andava vestido como um camponês, que cozinhava seu arroz, que abandonou suas terras e morreu numa estação de trem. Disse que eu também devia renunciar às terras, mesmo que para isso tivesse de enfrentar minha família, que era outra bosta. Também eram bosta toda lei vigente e todos os governos; e o meu amigo começou a se inflamar na varanda, gritando frases, atirando pratos e cadeiras no pátio, num escarcéu que acabou juntando o povo do sítio para ver. Ele gritava "venham os camponeses", e os camponeses que vinham eram o jardineiro, o homem dos cavalos, o caseiro velho e sua mulher cozinheira, mais os filhos e filhas e genros e noras dessa gente, com as crianças de colo. Várias vezes o meu amigo gritou "a terra é dos camponeses!", e aquele pessoal achou diferente. Mais tarde ele sossegou. Jogamos nossas coisas no porta-malas do carro dele, um rabo de peixe caindo aos pedaços, e fomos embora do sítio deixando a cancela aberta.

Dessa noite eu não me esqueço porque terminou na cidade, num apartamento de cobertura perto da praia, onde uns estudantes de antropologia comemoravam a formatura. Não conhecíamos ninguém, e não sei como fomos parar naquele lugar. Também não sei quem me apresentou a uma das antropólogas, que tentou me ensinar uma dança africana. Depois ela me contou que pretendia conhecer o Egito, falou de sua experiência no cinema, como continuísta, e no fim da festa botou tarô para mim. Quando meu amigo me deixou em casa, ainda me lembro dele dizendo que não achou grandes coisas, a antropóloga. Eu não discuti, nunca discuti com ele. Mas antes de dormir fiquei pensando que ele podia às vezes não estar com tanta razão. Casei com a antropóloga no mês seguinte, vivi trancado com ela quatro anos e meio, e nunca mais soube do meu amigo.

"Fora daí! Xô! Já disse fora daí!", é o caseiro velho que chega ralhando com os dois sapos que estão no leito da piscina vazia. O sapo menor, na parte rasa, pula insistentemente, bate com as patas nas paredes, mas não vai atingir a borda nunca. Num salto mais arrojado, e torto, cai na parte funda e fica cara a cara com o sapo gordo. Este já sabe que não adianta pular para lado nenhum. E seus olhos dourados parecem acompanhar o caseiro velho, que desce a escadinha frouxa que dá na parte funda, e pisa com confiança aquele chão de limo. O sapo gordo parece mesmo conhecer o velho, pois agora ergue o lombo e infla a cabeça, que dobra de tamanho. O velho apanha o sapo gordo e o arremessa longe. Enquanto isso, o sapo menor pulou para o raso e recomeçou a dar com as patas nas paredes. O velho sobe a rampa de joelhos e vai de cócoras atrás do sapo menor. Quando está para agarrá-lo, este dá o salto impossível e atinge a borda. Logo depois, porém, como deslumbrado com seu recorde, salta de costas, revertendo a parábola. O velho agarra o sapo no ar e o atira na copa de uma mangueira.

Penso que, quando o ruivo vender as joias, o meu quinhão dê para viver o quê, oito meses, um ano, talvez mais. Talvez dê para viajar, conhecer o Egito, ir para a Europa e andar no metrô onde as mulheres usam joias. Mas prefiro que o ruivo demore a fechar negócio. Não me desagrada estar assim suspenso no tempo, contando os azulejos da piscina, chupando as mangas que o velho me trouxe. No final da tarde deixo a piscina, três mil quatrocentos e cinquenta e seis azulejos, e reencontro o velho atrás do pomar, nos fundos do sítio, lançando cascalhos no bananal e gritando "fora daí!".

Eu me lembrava de bananeiras, não de uma lavoura assim exuberante. O bananal cobre toda a vertente posterior do vale. Nas trilhas regulares entre as bananeiras, foram cultivados arbustos de folhas agudas e tensas, e como que umas espigas marrom-bronzeadas nas extremidades de seus galhos mais altos. Sem se importar com o velho, homens e mulheres descartam as folhas e colhem as inflorescências com mãos oblíquas, furtivas.

À noitinha sobem o morro capengando, com os balaios que os homens sustentam nos ombros e as mulheres equilibram na cabeça. Deixam a carga no celeiro e saem apressados, no que capengam ainda mais. Não calculo quantos sejam, pois andam em grupos e se parecem uns aos outros, todos muito magros e muito flácidos. Viram o rosto quando cruzam comigo, mas dá para notar que têm manchas brancas ou verrugas apinhadas na pele. No relance, vejo que alguns têm falhas na boca, nas orelhas, no nariz, e uma mulher, que nem deve ser velha, parece que em vez de rosto tem uma esponja. Convergem para o camping e enfurnam-se nas barracas, dois a dois. As barracas acionam suas músicas, uma querendo sobrepujar a outra, e o som que emana é insuportável.

As crianças dos limões passam correndo, e penso que é hora de eu também descer para casa. Mas ao chegar à ponte de tábuas, encontro-a tomada por três pastores-alemães, que ofegam. Um pouco adiante está um dos gêmeos. Sorri, mas não sei se é o sorriso de quem me deu um copo d'água, ou de quem me espatifou a cara. Dou meia-volta e vou subindo a estradinha de terra batida sem olhar para trás, mas consciente de estar sendo seguido de muito perto pelos cães espumando, e pelo gêmeo risonho que os retém com a respiração. O escrúpulo que rege cada passo torna a minha caminhada longa e extenuante.

Quando chego à cancela, está fechada com corrente e cadeado. Sem refletir me ponho a sacudi-la, e o chocalhar das correntes é a senha para o ataque. Os cães já me abocanham o calcanhar, a coxa e o braço, quando uma voz esgarçada chama "Guso! Pordeval! Sussanha!". É o moleque da cabeça raspada, irmão da menina da cabeleira. Os dois machos correm a lamber seus pés, mas a cadela mantém os dentes fincados no meu pulso. Sinto que, se ela virar o focinho de repelão, descarna a minha mão como uma luva. Mas o moleque lhe aplica uma bambuada no crânio, e ela abre a boca para ganir. O gêmeo dá risada e me oferece um drops de hortelã.

O moleque e os pastores escoltam-me em silêncio na descida do vale, até a casa principal. Escuto apenas, de vez em quando, o zumbido do bambu varejando o ar. Só mesmo o bambu na mão do moleque lhe dá crédito de moleque. Porque suas feições são severas, o rosto ossudo. E sua mandíbula se revolve numa mastigação obstinada, como se a boca estivesse cheia de pedras.

Entro na cozinha tomando cuidado para não acordar ninguém. A única luz da casa vem da despensa. Ali passando, vejo o velho e a menina da cabeleira sentados frente a frente, ela no tamborete e ele num monte de estopas. O velho está com o pau duro na mão. A neta sorri para o pau duro na mão do avô. É um pau íntegro, rosado, luzidio, que me parece incompatível com aquela mão toda venosa. Não parece o pau do velho, é mais o pau do blusão de náilon cheio de logotipos que o velho veste. A menina vira o rosto, voltando para mim o mesmo sorriso que valia para o pau. Depois fica séria e se levanta. Passa por mim e vai ter com o moleque seu irmão, que lhe acena com uma fita cassete. Ela coloca a fita no walkman, o fone nos ouvidos, e fica andando em círculos na cozinha, a camiseta até os joelhos estampada com a cara de um deputado.

Passo o resto da noite rolando na cama, com a impressão de ouvir tocar um telefone ao longe. É impossível dormir com um telefone que não para de tocar ao longe. Clareia, e acho que o telefone segue tocando. Será quase meio-dia quando imagino que minha mãe tenha afinal atendido. Atenderá à sua maneira, muda, esperando que quem liga diga alô. O ruivo dirá "alô! alô! alô!", e desconhecendo aquela voz que não é de homem nem de mulher, minha mãe desligará o aparelho. Então o ruivo discará o número da minha irmã, e o copeiro responderá que a patroa não pode ser incomodada. O ruivo insistirá que o assunto é do interesse da patroa, o assunto é delicado, o assunto é o irmão da patroa. O copeiro vai bater à porta da minha irmã, que estará andando em círculos no quarto, com um peignoir de seda. O marido estará deitado na cama, de roupa esporte e sapato italiano, fingindo ler uma carta precatória, mas observando o movimento da minha irmã. Ela parecerá chateada com alguma coisa, e vai se abaixar para amassar no cinzeiro o cigarro que acabou de acender. O copeiro baterá com mais força, e os dois gritarão "o que é" ao mesmo tempo. O copeiro mal começará a falar, e os dois vão entender errado; vão entender que sou eu ao telefone. Minha irmã dirá que é para eu ligar mais tarde, e o marido dirá que basta de me dar dinheiro. Ela acenderá outro cigarro, chateada com alguma coisa.

Já estou dormindo quando ouço o telefone novamente, e desta vez imagino que o ruivo diga ao copeiro que é uma questão de vida ou morte. Ou dirá que é a cabeça do irmão da patroa que está em jogo. O copeiro voltará a bater no quarto, mas meu cunhado já terá saído e minha irmã não vai escutar. Minha irmã estará debaixo do chuveiro, num banheiro que eu não conhecia, e que seria uma pirâmide forrada de espelhos. Numa só mirada seria possível ver minha irmã de todos os ângulos. E a visão seria tão instantânea que todas as imagens dela se fundiriam na retina de quem visse. E ver tanto dela ao mesmo tempo, de frente e de dorso e de lado e do alto e de baixo numa imagem só, talvez fosse como nada ver, mas seria tê-la visto absoluta.

Mais um telefonema, e o ruivo vai passar a palavra a um dos gêmeos, que irá direto ao ponto; dirá que se não pintar a grana, o irmão da dondoca leva chumbo no meio dos cornos. O copeiro ficará assustado e sem ação, pois o patrão estará na ponte aérea, e a patroa terá acabado de sair sem tomar café, não se sabe para onde, dirigindo ela mesma de cabelos molhados.

Acordo sem saber se dormi pouco ou demais. É um meio de tarde, mas não sei de que dia. Pulo a janela e saio pela varanda, do lado oposto à cozinha. Não quero cruzar com o velho nem com ninguém.

Não há ninguém na colheita. Vou margeando o bananal por uma trilha que eu conheço, e que pega o riacho lá no alto. É uma trilha onde meu pai andava sempre, mas que todo mundo evita porque dá muita cobra. Naquele ponto do riacho há uma pedra grande repartindo as águas, pedra que chamam de itaipava, e quando não está na cheia fica fácil atravessar por ali. Depois é subir a encosta pelas sombras e chegar à cancela sem recorrer à estradinha. Disposto a pular a cancela, acelero e tomo impulso; quando a alcanço, está aberta. O horizonte está livre e posso muito bem sair do sítio, mas a vontade que me vem agora é de voltar para a cama. Recuo devagar pela estradinha, paro na casa de hóspedes, e tudo está deserto. Na oficina, os mesmos carros, motos, motores, chassis, mais o furgão zero-quilômetro pintado de azul-piscina. Atrás do galpão, a caravana de trailers e a vaca malhada. Dentro do trailer maior um telefone toca, toca, toca e ninguém atende.

Um carro velho vem entrando no sítio com a descarga solta. Levantando poeira, uma camionete caquética penetra a cancela. Uma camionete preta e branca sacolejando na estradinha de terra batida, e é a polícia. Eu, por um lado, quero me atirar no seu caminho, acenar com os dois braços e gritar "sou eu!". Por outro, quero mergulhar de cabeça no bambuzal, e é isso que faço. Vejo o camburão seguir para o riacho, ultrapassar o camping e manobrar adiante, estacionando de ré contra o celeiro. Despenco pelo barranco, agarrando-me nos bambus, a tempo de ver o ex-pugilista descer do volante, o ruivo pelo outro lado. O ex-pugilista abre a porta de trás, e quem salta da gaiola é o moleque da cabeça raspada, seguido dos gêmeos que calçam os pneus traseiros com dois tijolos. Todos afastam-se às pressas do camburão, como se ele fosse explodir. Todos exceto o moleque, que entra assobiando no celeiro e reaparece daí a pouco, acompanhado dos peões da colheita. Esses saem com uns sacos gordos de lona verde, que descarregam na traseira do camburão. Lotam o compartimento, fechando a porta com dificuldade, e assentam os sacos excedentes sobre o capô, obstruindo o para-brisa. Em seguida capengam até o camping, mas hoje não há música; em vez de entrar nas barracas, põem-se a desmontá-las.

O ex-pugilista volta ao volante e dá a partida, dirigindo com a cabeça para fora, o ruivo de copiloto. Cada gêmeo se pendura num estribo, amparando os sacos no capô, e o moleque vai correndo atrás. Os gêmeos saltam na oficina com os sacos do capô, e a camionete deixa o sítio batendo pino.

Desço para a casa principal e sento-me na beira da varanda, de costas para a janela do meu quarto. Posso sentir na pele a chegada da noite. Ainda está claro no resto do sítio, mas o ar que respiro é noturno. Nas árvores que vejo à luz do dia, o movimento das folhas já se revezou, e é um movimento noturno; como são noturnos certos cheiros e ruídos; como há bichos noturnos e flores que não se abrem de dia, como há pensamentos tão claros que só à noite se percebem. A menina da cabeleira crespa é noturna, e quando me dou conta ela está trançando os meus cabelos. Depois senta-se a meu lado, e põe-se a pedalar no vão da varanda. Reparo que seus olhos são muito redondos, como numa surpresa permanente. Apoia a pequena mão na minha coxa, e seus dedos são curtos como os de uma pata. Traz o fone nos ouvidos e canta "hmmmmmmmm", uma canção sem letra. Para alcançar as notas mais agudas, crispa a mão e chega a me machucar. E quando começo a entender a melodia, ela retira a mão da minha coxa e aperta o stop. Desaparece tão de repente que quase me sinto roubado.

É uma noite estrelada, e vejo antes de ouvir o jipe cor de abóbora na ponte de tábuas. Deste lado da ponte há uma extensão da estradinha, muito sinuosa, para quem desce de carro até a casa principal. Mas o jipe prefere cortar caminho ribanceira abaixo, e desaba no pátio, e vai invadir a varanda, e freia encostando nos meus meniscos. Um gêmeo salta e puxa a mala cinzenta que estava no banco de trás. Cheguei a pensar que fosse a minha mala antiga, que ficou na guarita da minha irmã, mas é outra, um pouco maior, de capa mole e estufada. E quando é aberta na varanda, exala um bafo de banana que não me convence, por exagerado. De fato, mal o gêmeo começa a remover as folhas de bananeira do alto da mala, sinto que a essência é outra. A mala está repleta de uma espécie de espigas marrom-bronzeadas, secas mas macias, prensadas e emaranhadas umas nas outras, constituindo uma massa rústica. É uma mala repleta de maconha. O gêmeo diz "grandes camarões", e volta a proteger a erva com as folhas de bananeira, como quem cobre uma criança. Fecha a mala e me faz sinal para subir no jipe.

Antes de me largar com a mala no posto, o gêmeo diz que o chefe foi mesmo com a minha cara. E diz que seu irmão gêmeo, que conhece melhor o mercado, preveniu o chefe de que esta mala continha duas vezes o valor das joias. Mas diz que ele, que conhece melhor o chefe, garante que se eu arrumar outras peças daquela categoria, o chefe é capaz de me pagar com duas malas. Mas diz também que ele e o gêmeo dele são de opinião que, se eu não quiser tomar muita porrada, é melhor dar um tempo noutra freguesia.

O Posto Brialuz está fechado, e sinto um pouco de frio. Há alguns caminhões parados, e deve ter gente dormindo nas boleias. Alguém está fumando perto de um pneu com o anúncio "borracheiro noite e dia" em letras brancas. Um homem de macacão sai do banheiro e fica olhando o céu. Atravesso a estrada e me escoro no poste de luz, que é o ponto do ônibus que desce a serra. Mais tarde me sento na mala, que vai cedendo, e um dos fechos se abre deixando escapar o cheiro de banana.

7

A luz é de seis da manhã, e comigo no ponto só há um sujeito magro, de camisa quadriculada, quando o ônibus assoma na lombada. Mas tão logo ele estaciona, brotam de todos os cantos as crianças com os embornais de limão. Trepam no para-choque, metem os pés nas janelas e se acomodam no teto do ônibus, num bagageiro que parece delas. Eu subo com dificuldade pela porta dianteira, porque os degraus são altos, e a mala que empurro com as coxas acaba engatada no câmbio do motorista. O da camisa quadriculada aproveita para passar à minha frente, pagar a passagem e sentar-se com um sujeito mais magro que ele. Toco a mala pelo corredor, achando que ela pode arrebentar a qualquer momento. O lugar que sobrou é um meio lugar, ao lado de uma preta gorda com cara de boa cozinheira, cuja nádega esquerda ocupa metade do meu banco.

Vem a sequência de curvas, e as crianças jogam-se de um lado para o outro no bagageiro, fazendo "ôôôôôôôô". Os demais passageiros parecem habituados, e eu mesmo acho natural ver à minha direita, do lado de fora da janela, um moleque de cinco anos de cabeça para baixo. A careta invertida olha para mim, sanguínea, e seus braços gesticulam como quem quer dizer alguma coisa urgente. O moleque passa a esbofetear a carroceria até a cozinheira abrir a janela, e daí ele diz "fuminho cheiroso, hein!". Esvai-se como se tivesse escorregado para o alto, e no teto do ônibus começa um sapateado. E vão surgindo novas caretas vermelhas nas vinte janelas, e dedos cutucando os vidros, apontando para mim e para a mala.

Prossigo a viagem olhando para baixo, como quem procura uma religião. Concentrado em minhas mãos cruzadas, abro os dedos um a um, fecho os cinco de uma vez, abro-os em ordem contrária, e só serei interrompido pelo susto da cozinheira a meu lado, que bate a janela e faz o sinal da cruz, os olhos esbugalhados. À beira da estrada, reconheço pelo capengar os peões do sítio. Passamos por eles bem devagar, porque a curva é perigosa e estamos atrás de um carro-pipa. Eles escondem os rostos com aparelhos de rádio, toca-discos, amplificadores, caixas de som, e as barracas em rolos que os homens sustentam nos ombros e as mulheres equilibram na cabeça. Novo sapateado no teto do ônibus, e as crianças em coro gritam "olha os ET!, olha os ET!".

Ao dispararmos numa reta já perto dos subúrbios, os moleques inventam de apostar corrida no bagageiro. Mas uma súbita freada projeta pelo menos dois deles no espaço. Vejo dois corpos girando como hélices diante do ônibus, depois como bonecos tronchos, dando braçadas e sapateando no vácuo. Até que estacam no ar como inseto que bate na vidraça, e a queda seguinte é instantânea, não dá para ver. Ouço um baque bem debaixo dos meus pés, e ainda tenho a impressão de ver alguma coisa rolando no acostamento.

O ônibus recobra velocidade, e o resto da viagem transcorre mais sereno. Os moleques saltam na rodoviária com o ônibus em movimento, e saem zanzando com seus embornais. Deixo passar a cozinheira gorda, espero esvaziar o ônibus, mas quando desço com a mala os moleques vêm correndo, recebendo-me feito um comitê na plataforma. E seguem-me estação afora, e perturbam, e cheiram a minha mala, e a rodoviária está sempre assim de polícia.

Apanho o primeiro táxi e mando tocar para a zona sul. O chofer dirige só com a mão esquerda e de costas para o trânsito, falando comigo que estou no banco de trás. Fala mastigando três palitos de fósforo já moles, e usa uma camisa de número menor que o dele, a manga curta arregaçada como quem fosse tomar vacina. Conta o caso da passageira casada que ele deixou na rodoviária, e que não tinha dinheiro para a corrida. Mostra o telefone do trabalho da passageira casada, anotado num maço de cigarros. Eu olho o taxímetro que não para quieto, olho a tabela da tarifa plastificada no buraco do porta-luvas, e não sei quanto me resta da gorjeta da festa da minha irmã. No fim do túnel digo "é aqui", e largo o que tenho na mão do chofer. Saio ligeiro, mas ele grita "ô excelência!" e abre o porta-malas do táxi, indicando a minha mala com cara de quem cheirou e não gostou.

Da boca do túnel, o lugar mais próximo que conheço é a casa da minha mãe. Acho que ela não se incomodaria se eu deixasse a mala por uns tempos num daqueles guarda-roupas. No quarto do meio, onde mamãe nunca põe os pés, há um armário de parede inteira com as coisas do meu pai, as fardas brancas, os ternos príncipe de gales, capotes de lã, um smoking, um summer-jacket e uns sapatos de cromo alemão que eu até tentei herdar, mas ficaram grandes. Se eu enfiar a mala naquele armário, mamãe nem vai saber. É claro que qualquer dia ela pode acordar nervosa, e decida promover uma faxina geral, e desande a arejar todos os cômodos, e abra sem querer o armário que ela já havia esquecido, cheio de umas roupas que para ela não existiam mais. Talvez ela ache ridículas aquelas fardas, aquele uniforme de gala, ridículos todos aqueles ternos do mesmo padrão, talvez ela ache papai ridículo. Talvez fique com raiva e chame o porteiro, e mande jogar tudo no incinerador, a mala seguindo junto. Talvez fique com pena e resolva doar tudo para um bazar de caridade, as freiras estranhando aquela mala horrorosa no meio do espólio do meu pai. Penso na mala aberta no claustro, penso nas carmelitas em semicírculo, contemplando a maçaroca. E então me vejo chegando ao endereço da minha mãe, passando entre os pilotis de mármore verde do edifício que já foi suntuoso, à beira-mar.

O porteiro quer porque quer carregar a mala, quer correr para me abrir o elevador, quer me chamar de patrãozinho e diz que o bom filho à casa torna. Negro quase azul, embora perdendo o lustre ultimamente, já tinha a cabeça branca trinta anos atrás. Usa sempre o mesmo colete listradinho, com que fica parecendo escravo de cinema. Anda num passo miúdo, sofre de artrose, e vive contente da vida. Certa vez comprou um rádio e deu para escutar programas de variedades, desses em que as pessoas falam de todos os assuntos com eco na voz. O aparelhinho era potente, irradiava do hall para o poço do elevador, e daí para o prédio inteiro. Uma noite meu pai foi me buscar na rua, e já desceu impaciente, porque quando chegava em casa queria ver todo mundo lá dentro: "Qualquer dia eu entro e passo o ferrolho na porta!". Arrastando-me de volta pelo pescoço, cruzando o hall pela terceira vez seguida, com o locutor lendo o horóscopo, meu pai mandou o porteiro desligar aquela porcaria. E disse que nunca se viu empregado ligar para astrologia, ainda por cima crioulo, que nem signo tem. O porteiro achou aquilo a coisa mais engraçada. Vendeu o rádio e passou meses rindo muito e repetindo "crioulo não tem signo, crioulo não tem signo".

Antes de tocar a campainha, tento espreitar os movimentos da minha mãe. Se ela estiver no quarto, nem adianta tocar que não escuta. Mas a esta hora ela já se levantou, já lavou o rosto, já esquentou o leite, misturou aveia, e o mais provável é que esteja sentada na bergère da sala, lendo uma revista de modas. Mas mesmo que ela passe rente à porta, arrastando os pés, tossindo e reclamando, acho que não dá para perceber do lado de fora. A porta do apartamento é um bloco de jacarandá pesado e escuro, com losangos em relevo e um florão entalhado no centro. No velório do papai, quando trouxeram a tampa do caixão, cheguei a imaginar que fosse a porta.

É capaz de mamãe ter dormido com a revista no colo, desinteressada das novas coleções. Pode estar sonhando de novo com o homem de luvas no teatro suspenso, que é o papai porque tem um metro e noventa e anda inclinado para trás, mas não é o papai porque fala com sotaque e tem cara de carneiro. Depois de certa idade, acho que o acervo de sonhos se esgota, e eles começam a reprisar. Mas como nada é totalmente péssimo, a memória de um velho também enfraquece, e ele já não tem certeza se sonhou aquele sonho ou não. Vai reconhecendo as passagens mais marcantes e diz "é mesmo", mas não sabe direito o que vem pela frente. E se pela frente vier um precipício, um incêndio, um desastre de avião, a morte de todos os parentes, uma perseguição no labirinto, um cataclismo que a gente acorda sobressaltado e com falta de ar, e solta um grito, senta-se na cama e perde o sono, o velho diz "eu sabia", ou "eu não avisei?". E emenda noutro sonho sem grande expectativa, mas sem maior enfado, preferindo ressonhar todos os sonhos a atender à campainha da porta. Na verdade não sei se cheguei a tocar a campainha, mas já estou desistindo de molestar minha mãe. Cedo ou tarde ela há de abrir a porta, na esperança de uma carta do exterior ou dessas revistas que assina. Encontrando a mala, vai interfonar e interpelar o porteiro, que dirá que a mala é minha, e aprumando o colete subirá para guardá-la onde mamãe bem entender.

Da calçada da praia no outro lado da avenida, olhando por cima de um flamboyant, posso ver o oitavo andar da minha mãe. Mas ela nunca estaria na janela. As pessoas que moram de frente para o mar não aparecem nas janelas. As vidraças vivem fechadas por causa da maresia, que oxida os metais, e para conservar o ar-condicionado. Essas pessoas ainda colocam cortinas com forro por trás das vidraças, e as fachadas ao longo da praia ficam vestidas de cortinas pelo avesso.

Nos prédios mais modernos, os arquitetos criaram terraços imitando decks, que são decorados com móveis de vime ou fiberglass, e vasos com arecas ou samambaias. Mas as pessoas dos prédios modernos também têm pudor de aparecer nos terraços.

Vamos que mamãe não abra a porta hoje. Vamos que amanhã chegue uma carta da Espanha, e o porteiro suba para equilibrá-la ao comprido entre o capacho e a porta, como mamãe recomenda. Ao dar com a mala vai ficar confuso, e acabará tocando a campainha, contrariando as instruções. Descerá sem ser atendido, mas dormirá com aquilo na cabeça. Na manhã seguinte bem cedinho tornará a subir e, revendo a mala arriada e a carta em pé; tocará a campainha muitas vezes e tentará forçar a porta que, além do ferrolho, leva agora uma trava de segurança semelhante à de uma caixa-forte. Enfim ligará para o distrito, que mandará uma patrulhinha com dois policiais, que afastarão mala, carta e capacho para cheirar debaixo da porta, pedindo atenção com os fósforos. Sobrevirá o corpo de bombeiros para o arrombamento, mas o major vai preferir pedir licença ao nono andar para descer pela janela. Com um pano no nariz abrirá a porta por dentro, e o porteiro terá de assistir ao atropelo de bombeiros e policiais desvirtuando a sala de visitas, empurrando a bergère, avançando pelo corredor, invadindo o quarto da minha mãe, escancarando as janelas e esbarrando na porta do banheiro. Um sargento obeso se lançará contra a porta, caindo com ela sobre a pia, e o major saltará por cima do sargento, empunhando uma machadinha. Depois dos vidros partidos, bombeiros e policiais quedarão um tempo no vão da porta, todos olhando na mesma direção, sendo impossível para o porteiro ver o que eles veem na banheira.

Abrirão alas para um sujeito de terno amarrotado que não vai se deter muito tempo ali dentro. Ordenará ao porteiro que o acompanhe à sala, onde perguntará por algum parente da vítima a quem possa comunicar a ocorrência. O porteiro dirá que a viúva era de família muito boa e bem relacionada, o que não interessará ao inspetor. Então dirá que na gaveta da mesa da portaria ele tem o telefone da filha mais velha, o que para o inspetor será suficiente. Ansioso, o porteiro acrescentará que existe um outro filho, e vai olhar a mala atrás da porta, disfarçadamente. Mas sendo homem de uma pureza viciosa, não saberá olhar a mala disfarçadamente; num primeiro tempo olhará a mala, e no segundo olhará o inspetor disfarçadamente. O que valerá por uma delação. A mala que restaria inocente, inodora, fora do caminho e de cogitação, será exposta na sala por um policial, e seu conteúdo revolvido na presença do inspetor e dos bombeiros. O odor desabafado apagará os vestígios de gás no apartamento.

8

Eu estava na praia olhando o mar, o mar, o mar vomitando o mar, e agora já não é fácil atravessar de volta a avenida. Sei que passa um pouco de meio-dia porque o movimento dos carros é intenso por igual nos dois sentidos. Levo dez ou vinte minutos retido no canteiro central, junto de um poste com anúncio de cigarro e relógio digital enguiçado, os números inacabados parecendo estranho alfabeto. Alcanço e balanço o portão de ferro forjado do prédio da minha mãe, que o porteiro vem abrir andando depressa e chegando devagar, como um boneco de corda. Subo ao oitavo andar e a mala continua ali, estatelada. Volto ao elevador arrastando-a com os pés. Sem saber por que, deixo a mala atravancando a porta pantográfica, aperto com violência a campainha da minha mãe e entro correndo no elevador. Ao me ver baixar com a mala, o porteiro abre a boca com a intenção de dizer "o patrãozinho mal chegou de viagem e já vai outra vez?", mas o interfone toca na sua mesa. Ele atende e quase posso ouvir a voz da minha mãe reclamando da campainha disparada. O porteiro não fala nada, apenas faz sim com a cabeça, mas o faz com uma solicitude que deve chegar lá em cima. Desliga e diz "o doutor Lastriglianza do terceiro andar viu o camundongo". Repuxa a barra do colete listradinho e sobe pelo elevador de serviço. Eu permaneço vinte ou quarenta minutos sozinho na portaria, olhando o interfone, achando que vai tocar de novo.

Saio pelas ruas de comércio, passando a mala de uma mão para outra a cada quadra. Quando estão ambas em carne viva, experimento carregar a mala nos braços, como enfermeiro carregando velho. Alivia bastante, mas não consigo ver por onde ando. Paro na esquina de duas avenidas sem árvores e resolvo entrar numa loja envidraçada, que eu julgava ser uma confeitaria mas é uma agência bancária. Assim que ponho os pés lá dentro, apesar do ar fresco, sinto que posso ter dado um mau passo. Logo na entrada há um segurança dentro de uma cápsula de aço, seus olhos como um casal de peixes gravitando no visor. Também são do banco os dois vigias armados na esquina, que eu julgara guardas de trânsito. Mais temerário que ter entrado num banco com essa mala, seria dar meia-volta e sair direto; os homens que entram e saem com desenvoltura carregam pastas de couro fino ou maletas 007. Só me resta sentar num canto de sofá, no mezanino acarpetado onde há várias pessoas com envelopes no colo, parecendo aguardar alguma coisa.

Sento-me de frente para uma moça que creio conhecer e não me lembro de onde. Ela também me olha, mas não me cumprimenta, não me sorri, aliás me dá a impressão de estar com os olhos marejados. Quando vejo as muletas apoiadas no braço do seu sofá, atino que é a irmã de um antigo conhecido meu, um que dava festas numa casa com amendoeiras. Ela continua me olhando sem cumprimentar, e não entendo por que decidiu chorar numa agência bancária. Está certo que é paralítica, mas isso ela já era naquele tempo, acho que pegou poliomielite aos quinze anos. Na época das festas, com uns vinte, já devia estar conformada, mas a verdade é que nunca parei para pensar nos sentimentos dela. No salão, é claro que ela não aparecia. Eu não podia adivinhar se ela subia para o quarto, se entreabria a porta e apagava a luz, e ficava nos vendo sem ser vista. Pode ser que chorasse todo sábado, admirando a festa e não podendo dançar. E ninguém vai saber se à meia-noite batia a porta, gemia na cama, e quanto mais afundava a cabeça no travesseiro, mais ouvia dudum dudum dudum, o contrabaixo. Está explicado que hoje, ao olhar para mim, ela se lembre daquelas festas e volte a vontade de chorar.

Um homem fala "dezenove", e ela espeta as muletas no carpete, erguendo-se como ginasta na barra fixa. Tem os ombros muito largos, mas fora isso parece bem-feita de corpo. Usa calças compridas, e imagino que suas pernas tenham quinze anos para sempre. Passa por mim, e meus olhos a seguem, vendo um movimento onde não pode haver, mas onde ainda jogam as sombras de um movimento; ou será um movimento fictício que ela aprendeu a sugerir, por alguma arte. Antes de se sentar com o gerente ela se volta para trás, e tem os olhos vermelhos, as faces vermelhas, o colo inflamado. Olho para o outro lado e encaro a vidraça que, com a luz fria do banco e uma coluna por trás, virou espelho. Eu não olhava o espelho há tanto tempo que ele me toma por outra pessoa.

A consulta com o gerente é breve, e quando ela sai do banco eu saio junto. Polícia nenhuma no mundo vasculharia a mala do acompanhante de uma paralítica. Difícil é concorrer com o passo das suas muletas, eu com o handicap da mala que agora carrego nas costas. A mulherzinha é atrevida, atravessa as ruas sem olhar, e carro que jamais parou no sinal vermelho freia para ela passar. Vou ficando para trás, e mal consigo precisar o edifício em que ela entra. Mas é um edifício com revestimento de pastilhas azuis, metade das quais se soltando, onde ela deve morar com o irmão. Quando o irmão a vir entrar com lágrimas nos olhos, vai entender que o empréstimo foi recusado. Irritado com o capitalismo, dirá que não sabe para que serve um banco, se não libera dinheiro nem para uma cliente aleijada. Julgando-se atingida, ela dirá baixinho que a culpa é toda dele, que se endividou dando festa atrás de festa. Ele dirá "tudo bem, tudo bem", pensando em jogar na cara dela a fatura dos remédios importados, sem falar nessa fisioterapia que não adianta nada. Lendo como sempre o pensamento do irmão, ela dirá que o tratamento médico sai das economias dela, e que foi para arcar com as festas que eles tiveram de vender a casa das amendoeiras. Ele dirá "tudo bem, tudo bem", pensando na casa das amendoeiras. Ela ficará com a voz mais fina, e dirá que já foi humilhante vir morar num apartamento de dois quartos, no pior edifício do bairro, as pastilhas caindo e ele dando festa três vezes por semana. Ele dirá "tudo bem, tudo bem", pensando em nada. Ela dirá que, se ninguém der um basta nessas festas, os dois vão acabar morando num conjugado. Ele dirá "tudo bem, tudo bem", pensando na inauguração do conjugado.

Na mesma avenida sem árvores do edifício de pastilhas, duas quadras adiante, mora o meu amigo. O dele é um edifício desbotado e franco, já tendo chegado a um acordo com o tempo. Sua fachada áspera será sempre a mesma, até porque seus proprietários faleceram, seus inquilinos têm contratos obscuros, e as empreiteiras desistiram de deitá-lo abaixo. É um edifício de três andares que pouca gente nota, e quem nota não gostaria de morar nele, mas quem mora nele diz que dali só sai para o cemitério. Na fronte da pequena marquise continua escrito "Edifio Conenal", com as letras de latão que se apegaram ao chapisco. É um consenso que o nome de batismo fosse Continental, exceto para dois anciãos que moram ali desde recém-casados; ela garante que na época o edifício se chamava Confidencial, e ele se lembra muito bem de Edifício Conde Arnaldo.

Passados cinco anos, a porta ainda é de abrir por dentro, enfiando a mão pelo buraco de um vidro quebrado. Em seu quarto nos fundos do térreo, o zelador não perde o programa do pastor Azéa, muito menos agora que é pela televisão. Não há elevador, e a luz das escadas apaga-se sozinha um minuto depois de acesa. Um minuto bastava-me para chegar ao terceiro andar, mas hoje, com a mala, sustentando a alça com os nós dos dedos, o blecaute surpreende-me antes de eu completar o primeiro lance. No meio da escada não existe interruptor, e sinto que a mala pesa o dobro no escuro. Chegando ao primeiro andar, penso em pedir uma ajuda ao meu amigo. Acendo a luz.

Meu amigo andou me procurando depois que casei, mas eu nunca soube o que ele queria. Descobriu meu telefone, e lembro agora que ligava numas horas que minha ex-mulher julgava inconvenientes. Ela atendia e dizia que eu estava no trabalho, dando plantão, mas ele não acreditava muito. Tornava a ligar dez minutos depois, e minha ex-mulher sempre alcançava o aparelho antes de mim. E se algo a deixava possessa, era dizer "alô" e ninguém se manifestar do outro lado. Eu achava que às vezes podia ser minha mãe, mas ela jurava que não, era sempre ele, a respiração era dele. Minha ex-mulher, que já não simpatizava com o meu amigo, passou a detestar o telefone. A qualquer hora que tocasse, ela dizia "deixa tocar, que é aquele homem". Na cama, perguntava o que tanto aquele homem queria comigo, mas eu não podia saber, nunca atendi ao telefone. E quando ela resolveu tirar o aparelho do gancho de uma vez por todas, considerei uma boa medida. Acendo a luz.

Preciso levar essa mala sozinho até o fim. Assim que ele abrir a porta, pretendo empurrá-la para dentro e descer sem falar nada. Ele ficará um tempo olhando a mala, duas horas olhando aquela mala amorfa, e poderá concluir que eu tenha vindo devolver uns livros. Sim, os poetas, ou os romances, ou a filosofia, a história universal, o atlas, a enciclopédia, sabe lá quantos volumes devolvidos com cinco anos de atraso, daí eu ter fugido envergonhado. Já não se lembrando dos livros que me emprestou, meu amigo abrirá a mala com curiosa nostalgia, como se abrisse uma herança dele mesmo. Surgirão as folhas de bananeira, já dilaceradas, e por baixo delas a maconha. A primeira reação será de repugnância, menos pela maconha que pelo inesperado. Como repugna a consistência do que se põe na boca por engano. Meu amigo fechará a mala imediatamente, mas a ideia da maconha sobrará do lado de fora. E quando ele abrir a mala pela segunda vez, o fará com o lado avesso da curiosidade; abrirá passando a mão por dentro, com o deleite de descobrir devagar o que já é coisa escancarada.

Acendo a luz e invisto no próximo lance. A certeza de que a mala estará em boas mãos é estimulante. Imagino-a aberta no chão da sala, meu amigo ouvindo os clássicos, as visitas servindo-se, e não dou um mês para ele sair na pista do meu novo endereço. É capaz de perguntar por mim na butique da minha ex-mulher. Talvez ligue até para a casa da minha mãe em horário inconveniente, mas já sei que nunca mais me encontrará.

A minuteria apaga-se quando estou a dois degraus do segundo andar; aqui a escuridão é parcial, pois uma ligeira réstia chega do corredor. De alguma porta encostada escapa também um cheiro de alho, e a voz de uma mulher cantando "vivo pensando no mal, no que pode acontecer...". Ela interrompe a canção, e receio que tenha ouvido algum ruído. Mas logo se lembra da letra e retoma "... sei que você me despreza, e eu não posso mais sofrer".

Passo direto pelo patamar semi-iluminado, e subo o último lance sem nada enxergar, fazendo uma escala no oitavo ou nono degrau. É um degrau ingrato, de curva, onde a mala não cabe inteira. Ela fica pendente, faz corpo mole, e sinto que meus dedos querem soltar a alça. Mas já estou com um pé no terceiro andar, e acredito que ela obedecerá a um último arranco. Quando me vejo no ar, não sei se foi a mala que me puxou com tamanha fúria, ou se levei um tranco de alguém que descia na carreira. Caio com a face direita na quina de um degrau, e ouço a mala retumbando escada abaixo, como se corresse atrás de alguém. A mulher que cantava abre a porta, e seu feixe de luz vira um spot, focalizando a mala dividida em duas bandas. A mulher é uma índia baixinha com um lenço na cabeça, e agacha-se para farejar a erva esparramada. Depois descamba pela escada, volta para acender a luz, descamba pela escada e não me vê estendido logo acima do seu patamar. Deve trombar com o zelador que vinha subindo, pois os dois começam a discutir no primeiro andar. No terceiro, tenho a impressão de ouvir jatos de voz, como de um homem sem forças para chorar completamente. Levanto-me fazendo alavanca nos cotovelos; meu rosto sangra e custa a desgrudar da pedra. A índia e o zelador vêm subindo e discutindo, e eu entro pela porta da cozinha que ela deixou aberta. Na frigideira há um refogado com predominância de alho, os anéis de cebola começando a esturricar. A índia e o zelador agora discutem em torno da mala, que ele pergunta se caiu do céu, e que ela viu quando atiraram lá de cima. Sobem mais um lance, e eu deixo a cozinha; dou um salto duplo sobre a mala, derrapando na maconha. Zelador e índia gritam no terceiro andar e já não sei se é discussão, pois me parecem gritos paralelos. Quando desço o último degrau, uma voz no térreo pede misericórdia, mas é a pregação do pastor Azéa.

Saio do prédio, e logo em seguida fica tudo escuro; penso num dia que se apagasse a cada minuto. Apoio-me na parede de chapisco, deixo-me arriar ralando as costas, e sento-me com a cabeça entre as pernas. Convertido em concha, ouço vozes longínquas, julgo ouvir sirenes. Quando me levanto, posso estar vendo as coisas mais nítidas do que são. Vejo um negro desengonçado surgir na outra ponta da avenida. Vem pelo meio da rua, gingando no engarrafamento, e usa uma sunga de borracha imitando pele de onça. Passa por mim, o sorriso imbecil. Vai entrar no edifício do meu amigo com um canivete na mão, descascando uma laranja.

O carro da polícia, de tanto forçar passagem, acaba dando um nó no tráfego. Cantando e girando sem sair do lugar, sua sirene mais parece uma propaganda. A calçada não comporta mais tanto público, que acorre das transversais e não gosta de me ver querendo avançar no sentido oposto. Vejo a multidão fechando todos os meus caminhos, mas a realidade é que sou eu o incômodo no caminho da multidão. Ando prensado contra os muros, até ser expelido pela porta frouxa de um tapume.

Entro no terreno de um sobrado em demolição. As obras estão paradas, e o entulho acumulou-se nos fundos do terreno. Escalando o entulho, chego ao topo do muro nas costas de uma escola pública. Salto no pátio, e caio ao lado de um sujeito de gola rulê, que fuma encostado no muro. O sujeito não fala nada; olha para mim, depois olha o relógio, como se me esperasse ali há bastante tempo. Sai andando comigo, e pode ser um professor que fuma escondido, para não dar exemplo. Acompanha-me pela lateral da escola, rente às janelas das salas de aula, e alguns alunos acham graça nas nossas cabeças. Deixo a escola, dobro a esquina, e ele vem junto. Fuma cigarros sem filtro, que bate na tampa do relógio antes de acender um no outro. E não sei como não sufoca, com aquela suéter de lã fechada até o pescoço.

Se eu resolvesse correr, ele não me alcançaria jamais. Eu poderia me lançar na garagem de um prédio, pular para outra rua. Mas quando ele para num botequim para comprar cigarros, não sei por que, espero do lado de fora. Começo a me acostumar com aquela companhia tácita; é um pouco como se eu andasse com alguém da família, um irmão bem mais velho, um tio temporão. Entramos num shopping. A butique onde trabalha minha ex-mulher não tem letreiro, mas eu a distingo de longe. Vejo a dona da butique na porta e não sei se ela me vê, pois dá meia-volta e entra.

Fecharam a porta da butique. Minha ex-mulher está sentada no carpete, de costas para a vitrine, arranjando as roupas. Abre os braços, estica um xale de seda com as pontas dos dedos e atira-o para o alto. O xale pousa em forma de borboleta, mas ela não se convence e repete a operação. Minha ex-mulher tem esse jeito de se sentar no chão, com as pernas dobradas para fora feito um W, que já tentei imitar e deu câimbra. Usa um coque, e seus cabelos na nuca são mais finos e claros que o resto, e anelados. Tenho a impressão de que vão se eriçar, se eu soprar de leve. Bato na vitrine, mas ela continua pelejando com o lenço. O vendedor de rosto pálido vai e vem com uns cabides, e parece que faz questão de não me ver. Passa as roupas para a minha ex-mulher com o rosto virado, como se passasse a toalha para uma mulher pudica no banho. A dona da butique confere a contabilidade atrás do balcão. Tem vista cansada mas não quer usar óculos, por isso toma distância do livro-caixa e resulta uma expressão desconfiada.

Aperto a campainha, que acabo de divisar ao lado da porta, e não ouço tocar. Os vidros devem ser à prova de som, pois a dona da butique fala alguma coisa para a minha ex-mulher, e também não escuto. Agora quem toca a campainha é o professor, que eu já havia esquecido. Ninguém reage lá dentro, mas não é possível que a campainha esteja com defeito. Ainda é horário comercial, e a porta não tinha nada que estar trancada. Decido deixar o dedo enfiado naquele botão até acontecer alguma coisa. Acontece que a dona fecha o livro, dá um tapa na mesa e pega o telefone vermelho. Minha ex-mulher salta e põe a mão na mão da dona, conseguindo dissuadi-la de chamar a polícia. Quando a dona desliga o telefone, é o professor quem mete o dedo na campainha. Puxo o seu braço, e ele se desequilibra um pouco. Olha o relógio, acende um cigarro no outro e vai embora, subindo a escada rolante.

Eu ia atrás do professor, quando vi uma senhora cadeiruda, vestindo uma túnica, chegar à butique e entrar. Volto correndo, e tornaram a trancar a porta. Toco a campainha, e só a freguesa cadeiruda olha para mim. Ponho-me a sacudir a porta, e de repente se dá uma explosão. A dona da butique solta um grito, a freguesa fica balançando, o vendedor pálido levanta um cabide, e a minha ex-mulher corre para o telefone vermelho. Foi a porta blindex que explodiu, quase que se pulverizando, deixando montículos de grãos azulados na soleira e nos meus cabelos. Minha ex-mulher discou três algarismos, e está falando baixinho, sua mão cobrindo a boca e o bocal. Não há mais porta, mas também não tenho mais vontade de entrar. Esqueci o que cogitava propor à minha ex-mulher.

Saio espiando outras vitrines. Ao pé da escada rolante, emparelho com o professor que vinha descendo da sobreloja. Mas ele já não acerta o passo comigo; para quando eu ando, anda quando eu paro, entra e sai duma papelaria de porta giratória. Na calçada em frente ao shopping, vejo estacionar uma camionete branca com vidros brancos, trazendo no capô a inscrição "aicnâlubma", e nas portas "Sanatório Dr. Berdoch". Um enfermeiro grande desce sorrindo e abrindo os braços para o professor. Este olha o relógio, deixa-se abraçar, e entra no carro com o enfermeiro.

Estou resolvendo para que lado vou, quando uma mão pesada cai no meu ombro e me estala a clavícula. Imagino outro enfermeiro, mas é um camarada maior ainda, com jaquetão bege e cheiro de lavanda; deve ser o segurança do shopping, pois começa a me apalpar. Um carro preto de vidros pretos encosta onde estava a ambulância, dando sete buzinadas curtas e cadencia-das. O segurança me esquece e vai atender à buzina. Tem de dobrar o tronco para ouvir a mulher no fundo do carro, e fica com a bunda empinada. O chofer desce e abre a porta de trás para eu entrar.

9

A amiga magrinha da minha irmã está curvada no assento, a cabeça metida numa sacola de tenista, que escarafuncha com as duas mãos. Diz "olá" e outra coisa que não entendo, a voz abafada. Usa um saiote branco pregueado, e tem as coxas pouco mais grossas que as pernas, sem celulite. Quando o carro entra no túnel, vejo que é um modess o que ela buscava na sacola. Está escuro, mas ainda a vejo desmanchar o modess e embeber seu estofo num perfume, que verte de um frasco em feitio de lágrima. Saindo do túnel, ela começa a aplicar o algodão perfumado no canto direito do meu rosto. Vai absorvendo os cacos de vidro que rolaram dos meus cabelos e já penetram nas feridas que encontraram abertas. Há mais vidro do que eu pensava, pois quando ela amassa o algodão, crepita.

O chofer faz um retorno em local proibido, toma um viaduto provisório, entra por umas ruas particulares, e para minha surpresa estamos subindo as ladeiras que vão dar no condomínio da minha irmã. Eu não vou para a casa da minha irmã. Olho para a magrinha, e ela agora está com a boca cerrada, os lábios retraídos, uma boca de mulher vingativa. É possível que tenha se lembrado da outra noite, de como me agarrou quando eu deixava o closet, e de como a abandonei na penumbra. Talvez atravesse uma crise de idade, e a lembrança a irá atormentando mais e mais, o carro trepidando nas ladeiras. Apressará o chofer, mandará ligar no máximo o ar-condicionado. Olhará para o teto, para o cocuruto do chofer, olhará pela janela quase opaca, baixará os olhos. Juntará os joelhos, e odiará possuir duas coxas que não se encostam, nem quando ela está sentada. Abrirá o chumaço de algodão, e terá vontade de repor cada caco no meu sangue. Pressinto que ao entrarmos na casa minha irmã vendo a cara da amiga diga "menina, que é que te deu?". E então a magrinha me apontará, sem olhar para mim; não podendo me condenar pela desfeita, ficará vesga e me denunciará como ladrão de joias.

Preparo-me para saltar assim que encostarmos na guarita, mas o vigia conhece à distância o carro preto, e abre o portão com antecedência. Eu poderia me atirar sobre a magrinha, sugar seus lábios e impingir-lhe um beijo de língua. Poderia enfiar a mão por baixo daquele saiote, eu poderia fazer tudo depressa ali mesmo, mas o chofer sobe o condomínio feito um desatinado, cantando os pneus, disparando a buzina, e entra no jardim da casa 16 arrepiando o gramado.

A magrinha apanha a raquete atrás do encosto, e desce saltitando para a quadra de tênis. Eu vou atrás, com a sacola que ela esqueceu no assento. Raciocino que naquela noite ela não pode ter visto as joias nos meus bolsos. Creio mesmo que não viu direito de onde saí. Naquela noite, talvez ela nem fizesse ideia de quem estava agarrando. Contorna a piscina para chegar à quadra, e quem carrega uma denúncia grave não saltita assim.

Meu cunhado joga bola contra um paredão na lateral da quadra. Usa para fora do short uma camisa de malha mostarda com um jacaré no peito esquerdo. Vem trocar dois beijos com a magrinha na rede, e dirige-me um tipo de continência. A magrinha pergunta "ela ligou?", e ele diz "não". A magrinha diz "deve ligar hoje", e ele, "acho que não". Meu cunhado ganhou vários quilos em poucos dias, está ofegante, apoia um braço no ombro da magrinha. Parecia queimado de sol, mas de perto sua pele tem o aspecto de um bronzeado terapêutico. A magrinha diz "no aeroporto eu achei que ela estava superangustiada". Pinça com as unhas o jacaré azul da camisa dele, e diz "mas lá fora ela se recupera rapidinho". Tomam posição em seus campos e batem bola com preguiça. Compreendo que minha irmã viajou. Na véspera, fazendo as malas, com certeza procurou as joias. Está para anoitecer, e os refletores acendem-se sozinhos.

Vai começar a partida. Meu cunhado lança a bola no ar com uma mão, e com a outra desfere o saque, berrando como se tivesse levado um soco no estômago. A bola bate na rede. No segundo saque ele não berra, apenas torce a boca, e a bola toma efeito quando quica do outro lado. A magrinha, que empunha a raquete com ambas as mãos, trança as pernas e rebate na direção do meu cunhado, que devolve a bola no fundo do campo dela e corre para a rede. Eu pensei que a magrinha não fosse chegar a tempo, mas chega e vibra a raquete como uma foice, despachando a bola pelo alto. Meu cunhado leva a raquete à nuca, armando o golpe seco, mas é encoberto pela parábola e sai correndo de ré, e perde o prumo, o corpo acelera mais que as pernas, a magrinha fala "ih, caceta!", e ele vai dar com a espinha no alambrado. Volta para o serviço, agora no seu campo esquerdo, e gasta algum tempo encarando a raquete, beliscando as cordas. Atiro-lhe a bola que veio parar comigo, mas ele a rejeita com um pontapé. Puxa do bolso do short uma bola idêntica à minha, lança-a no ar, solta o berro, saca forte e ela cai fora. A magrinha dá um passo à frente, aguardando o segundo saque, mas ele diz "grande bola!", diz "quinze a quinze" e volta à posição inicial. Eu vi muito bem a bola bater dois palmos fora da linha, mas a magrinha não protesta, coça a cabeça e vai se colocar para a nova recepção.

Subo na cadeira verde e pernalta de juiz. No limite do terreno, reparo que uma fiada recente de tijolos duplicou a altura do muro. Mais um pouco, e o muro suplanta as copas do horto florestal. Não duvido que meu cunhado siga erguendo aquele muro até vedar a visão das montanhas e o sobrevoo dos helicópteros. Quando minha irmã voltar, já não ventará ali dentro, e os dias serão bem mais curtos. Fixo o olhar no muro, ouço a bola que pipoca no piso sintético, para lá e para cá, para lá e para cá, a voz do meu cunhado cada vez mais remota, e parece que estou sendo alçado aos poucos, como se minha cadeira estivesse numa grua. Ou será o meu cunhado que afunda devagar numa cratera, sucumbindo a uma avalanche de bolas de tênis. Desperto quando ele atira a raquete no chão e diz "assim eu me desconcentro". Eu não fiz nada, estava só pensando, mas logo vejo que a culpa é do copeiro, que acaba de entrar na quadra sem pedir licença.

O copeiro repousa a bandeja numa mesa verde, retirando de um balde três cálices suados e a garrafa de vodca envolta numa capa de gelo. Meu cunhado e a magrinha vêm para a margem do campo, ele passando uma toalha no rosto e no pescoço empapuçado. Desço da cadeira, e o copeiro de luvas serve a bebida. Ao se virar para estender meu cálice, exibe um hematoma na face direita, que vai da têmpora ao maxilar; em torno de uma cavidade de pele amarelada, estamparam-se três arcos salientes, grená, violeta e negro, sendo que o canto da boca é uma bossa de sangue pisado. Quando ele sai com a bandeja vazia, a magrinha diz "coitado". Bebe a vodca num gole só e grita "Hidrólio!". O copeiro lá adiante diz "senhora", e a magrinha, "não é nada não". "Eu pensei que o Hidrólio tivesse ficado surdo", diz, mas meu cunhado esclarece que foi o olfato que ele perdeu. E que o médico ainda não sabe se a anosmia é consequência das coronhadas ou do trauma psicológico. A magrinha estala os dedos, diz "ah!", e vai fuçar a sacola de tenista que deixei sobre um banco de ripas verdes. Traz um piano em miniatura, cuja cauda ela abre fazendo tocar uma valsa. Saca do piano um comprimido de antidistônico, que garante ser supereficaz, e que manda meu cunhado ingerir com a vodca, porque potencializa.

Bebem mais um cálice e deixam a quadra sem falar nada, ele carregando as duas raquetes e a sacola dela. Acompanho-os até o vestiário da piscina, mas eles passam para a sauna e batem a porta depressa para o vapor não vazar. Rodeio a piscina três vezes, depois volto à quadra. A garrafa de vodca está pela metade, e viro um cálice num gole só. Rodeio a quadra, meus tênis gemendo no piso de borracha verde. Recobro a garrafa e bebo a sobra da vodca no gargalo. Ao pé dos alambrados verdes, a profusão de bolas amarelas lembra canteiros. Colho uma a uma, pensando em inventar um jogo. Já acumulei uma vasta braçada quando se apagam os refletores. Jogo as bolas para o alto, e elas são fosforescentes. Por um instante experimento uma espécie de alegria, tendo a sensação de respirar mais ar do que preciso.

Ao deixar a quadra, esbarro na mesa e derrubo o balde com a garrafa, estilhaçando os cálices. Entro no vestiário, acendo a luz, enfio-me na sauna e fecho a porta depressa; mas já não há vapor, e a água que cobre os ladrilhos chega a estar fria. Na bancada há uma toalha, um vidro de creme rinse, um aparelho de barba descartável e um travesseiro de espuma listrado. Estiro a toalha, deito-me nela, o travesseiro regurgita na minha orelha, e penso que vou dormir. Penso que estou dormindo quando um rapaz de turbante me aparece na porta. Três filhotes de dobermann passam correndo entre as suas pernas e deslizam de barriga nos ladrilhos. O rapaz tem uma mancha de mercúrio-cromo na cabeça enfaixada, agita uma flanela, e diz que o jantar está na mesa.

Quando entro na sala de jantar, vejo minha sobrinha com o rosto desfigurado. Sento-me de frente para ela, e é evidente que andou brincando com a maquilagem da mãe. Tem uma bochecha verde, a outra com uma crosta de blush marrom, e a boca borrada de batom parecendo um tomate. Arranha com as pontas do garfo o prato vazio, e o braço da magrinha a meu lado fica igual a pele de galinha. O copeiro traz uma travessa com um cherne assado, que serve à francesa. Depois da magrinha é a minha vez, mas não estou com fome de peixe. Cato umas batatas coradas, junto meia colher do recheio de farofa, mas nada me apetece. Tomo uma taça de vinho branco, e receio ter perdido o olfato. A garota torna a riscar o esmalte do prato, afligindo-me a raiz dos dentes. Meu cunhado serve-se de uma posta gorda, depois cava um túnel dentro do peixe, buscando mais farofa. O copeiro leva o peixe e volta com uma travessa de arroz. A magrinha manda deixar o arroz na mesa e atender de uma vez à garota, que agora arrasta a faca de través no fundo do prato. O copeiro vem com uma terrina fumegante, sem tampa. Enche o prato da garota com ravióli ao molho branco, e espalha queijo parmesão por cima. A garota põe-se a esmagar o ravióli, que é recheado de espinafre. Nota que a observo, e ergue o prato com as duas mãos, como que me oferecendo o ravióli. Mas súbito emborca o prato sobre a própria cabeça, e o bechamel escorre pelo seu rosto pintado. Vem a babá e carrega a garota para fora.

A magrinha cruza os talheres e começa a cantar "hmmmmmmmm", uma melodia esquisita que deve estar inventando na hora. Um cacho molhado pende em sua testa feito mola, e ela usa um macacão de bolinhas com capuz nas costas. Meu cunhado, com um pouco de farofa na boca, diz que teve duas entrevistas com a psicóloga da garota. Foi aconselhado a conversar abertamente com a filha, pois mesmo que ela estivesse dormindo, por algum canal registrou tudo o que aconteceu na noite do assalto. Faz-se um silêncio enquanto o copeiro ronda a mesa, completando as taças de vinho. Em seguida a magrinha aprova a psicóloga, e diz que a garota precisa elaborar as suas fantasias. Meu cunhado fala "merda", afasta o prato com um resto de pele e espinhas de peixe, e diz que está até hoje com o gosto do ferro no céu da boca. O copeiro entra com o carrinho e retira os pratos sem sobrepô-los. Penso em aproveitar a pausa para me despedir, mas a magrinha dá um pulo na cadeira e diz "já sei"; abre uma agenda eletrônica e lembra que, com a diferença de horário, a esta hora minha irmã já deve estar no hotel. O copeiro traz uma bandeja com o telefone sem fio. Meu cunhado manda o copeiro de volta, e diz que minha irmã precisa espairecer. Tento imaginar minha irmã num quarto de hotel estrangeiro, mas meu cunhado me interrompe para perguntar se vi a cara dos bandidos nos jornais. Eu não vi nada, mas faço sim com a cabeça para abreviar a conversa. A magrinha diz que teve dó do garotão, aquele com cara de surfista. Meu cunhado diz que esse era o mais perigoso, porque estava totalmente dopado. A magrinha não acredita que o surfista fosse pior que o negão. Meu cunhado diz que o negão pelo menos era um profissional, não tremia a mão. Entra o copeiro com o carrinho de sobremesa, e a magrinha canta "hmmmmmmmm". Penso em minha irmã sentada na beira da cama do hotel, talvez engolindo o antidistônico com vinho do Porto, e meu cunhado pergunta se li a história dos dólares que os jornais montaram. Faço sim com a cabeça, querendo mudar de assunto, e a magrinha diz que os jornais precisavam incrementar a notícia, pois não tinha graça publicar que os ladrões saíram desta casa de mãos abanando. Meu cunhado diz que ninguém guarda um milhão de dólares em casa, aliás ninguém mais usa cofre dentro de casa. A magrinha bate três vezes na madeira de seu espaldar, e diz que no próximo assalto convém receber os bandidos na porta com um milhão de dólares. Nisso o meu cunhado concorda, pois seria poupado de passar três horas com um cano de revólver dentro da boca. E tampouco minha irmã teria de revirar o closet feito uma louca atrás das joias, segundo a magrinha. Dito isso, ela cutuca meu braço. O copeiro vem servir o vinho, e meu cunhado vê quando ela me cutuca pela segunda vez. Faço que não é comigo, mas ela põe a mão na minha e pergunta se prefiro sorvete de canela, de ameixa, ou uma bola de cada um. Meu cunhado diz que nesse ponto os jornais foram decentes, respeitaram minha irmã. Quero pensar na minha irmã angustiada, andando devagar no corredor do hotel, mas agora não consigo me lembrar do seu rosto. Meu cunhado pergunta se eu sabia que minha irmã propôs aos marginais entregar todas as suas joias, e faço sim com a cabeça. Ele diz que isso não deu nos jornais, mas a magrinha garante que toda a cidade comenta o caso. Meu cunhado pergunta se eu sabia que as joias haviam sumido. Esfrego o guardanapo em minha boca, vendo resíduos de farofa úmida no lábio inferior do meu cunhado. Ele pergunta se eu sabia o que os marginais fizeram com minha irmã no chão do closet. Apesar da refrigeração central, meu cunhado transpira com abundância no alto da testa e no pescoço, e tem os olhos exorbitados. Fala "você sabia?", repete "hein?", e espera que eu diga "não", para satisfazer a compulsão de contar tudo o que fizeram com minha irmã no chão do closet. Faço sim com a cabeça, e o copeiro avisa que o delegado está chegando. A magrinha manda o copeiro servir o café no salão.

10

Não é a primeira vez que minhas pernas fraquejam quando me levanto bruscamente. Dou três passos bobos antes de me firmar, e a magrinha ri, pensa que estou bêbado. Lembro-me do meu pai, que se queixava de dormências, achava que era cardíaco e fazia check-up todo mês. Ao deixarmos a sala de jantar, a magrinha adiante e meu cunhado logo atrás de mim, precipito-me no banheiro. Sempre que preciso urinar às pressas, lamento usar o pau do lado direito, que é o lado errado, o que me obriga a dar-lhe um nó antes de o trazer para fora. Viso afinal o centro da latrina, tenho a bexiga repleta, mas o líquido arde e se recusa a extravasar. Algo me inibe. É como se a mão que segura o pau não me pertencesse. Vem-me a sensação de ter ao lado alguém invisível segurando o meu pau. Agito aquela mão, articulo os dedos, altero a empunhadura, tomo consciência da minha mão, mas agora é como se eu manipulasse o pau de um estranho à minha frente. Já não sinto a bexiga, desisto, fecho a braguilha.

O copeiro espera à saída do banheiro para me acompanhar entre os salões, por um corredor tão amplo que é um salão ele próprio. Há no percurso uma coleção de tapetes desiguais, em disposição assimétrica no piso de tábuas corridas. Imagino um arquipélago, e sou levado a saltar de um tapete a outro, às vezes com espalhafato. Do último tapete ao mármore do salão principal, há um oceano de madeira que reluto em pisar.

Ainda que não me vejam, sei que percebem minha presença, por estar o salão silencioso. Penso que dois conhecidos podem esgotar um assunto, quatro podem se entreolhar e embatucar por algum tempo, mas não é natural que três criaturas permaneçam caladas numa sala, pela inquietude mesma dos números ímpares. Finalmente a magrinha tosse sem vontade de tossir, e meu cunhado me designa erguendo a xícara, falando "é esse". O delegado levanta-se ligeiro, no que parece desfalcar o estofamento, pois seu paletó xadrez confundia-se com a fazenda inglesa do sofá. Aproxima-se sorridente, é jovem, metro e noventa e cinco, traz os cabelos atados num breve rabo de cavalo, usa jeans, coturnos de camurça, e me estende a mão. Não lembro se o conheço da televisão, de fotos nos jornais, de capas de revistas, mas sei que se trata de um homem famoso; alguém que as pessoas encontram e olham em dois tempos, porque no primeiro a pele parece falsa, e é a fama.

Cumprimenta-me da forma que julga informal, com a mão atravessada, e guia-me com a outra mão nas minhas costas até uma poltrona sem braços. Reacomoda-se quase deitado em seu sofá, as pernas cruzadas sobre a mesa de centro. Segura uma taça de licor azul, que não bebe, e fala como quem dá as cartas, considerando cada um de nós a intervalos precisos. Às vezes também parece dirigir-se a um interlocutor levitante, que descubro ser sua imagem refletida nas vidraças inclinadas.

Pelo que o delegado fala, compreendo que certa madrugada ele subiu por este condomínio num carro de sirene aberta, e ao entrar na casa deparou com dois vigias fuzilados, três cachorros idem, um chofer agonizante, mais dois empregados feridos na cabeça, janelões partidos, paredes e obras de arte riscadas a bala, sangue fresco na grande escada, babá agarrada a criança dentro de um quarto, o quarto de casal virado pelo avesso, o closet, minha irmã abestalhada. Após a chegada das ambulâncias, tomou um drinque na copa com meu cunhado de pijama e gago, e deve ter ouvido quatro vezes o relato do que fizeram com minha irmã no chão do closet. Compreendo que de manhã cedo convocou sete auxiliares para a incursão numa favela encravada na outra extremidade do horto florestal, onde rendeu dois elementos foragidos do presídio, que não ofereceram resistência e confessaram a autoria do assalto. Inspecionou o interior do barraco, apreendendo alguma quantidade de tóxico e um arsenal: granadas de mão, metralhadoras com carregadores, pistolas, escopetas, fuzis de uso exclusivo das Forças Armadas. Enquanto isso os marginais tentaram a fuga, sendo abatidos ao pé do morro por membros da equipe policial. As armas e as drogas foram exibidas pelo delegado em entrevista coletiva no distrito de que é titular, provocando azia no delegado adjunto, mais antigo na carreira e de carapinha grisalha, que abomina as luzes dos cinegrafistas e o rabo de cavalo de seu superior.

Depois de um lanche em pé com alguns repórteres na cantina, o delegado deve ter tomado banho e trocado de roupa no apartamento onde provavelmente mora sozinho, no centro da cidade. Chegou à casa da minha irmã no começo da tarde, conforme havia prometido ao meu cunhado, e encontrou-os tomando o café da manhã na mesa oval do jardim de inverno. Aceitou um suco de maracujá e enumerou as novas medidas de segurança que recomendaria ao casal, tais como a eletrificação dos muros, a substituição periódica de todo o pessoal doméstico e a contratação de dois guarda-costas para cada membro da família. Meu cunhado registrou as instruções num gravador de bolso e pediu licença para se ausentar, pois tinha conferência com seus advogados.

O delegado não diz, mas posso quase jurar que minha irmã o persuadiu a se demorar mais um pouco. Trajaria um vestido sem mangas e, ao convidá-lo para uma volta no jardim, certamente previu que suas olheiras se destacariam à luz do dia, e que um policial apreciaria mulheres com olheiras. Ao descer a aleia central, ela tocaria com prudência no assunto das joias. Imagino que o delegado tenha dito que já providenciara um cerco aos receptadores, ou que mandara investigar o amante da arrumadeira. Então ela interromperia o passeio e, olhando-o nos olhos, pediria por favor que fosse retirada a queixa, e que se desse o caso por encerrado. Ao delegado deve ter perturbado menos ver aquela mulher querendo proteger alguém, que revê-la tão desprotegida, como se ainda estivesse de camisola, estendida no chão do closet.

À tardinha o delegado recolheu-se ao seu apartamento, mas suponho que não tenha conseguido dormir, apesar de tresnoitado. Retornou à casa da minha irmã depois da hora do jantar, com o pretexto de pôr à prova os vigias noturnos recém-contratados. Foi recebido por meu cunhado neste mesmo salão, e terá parecido contrafeito no sofá inglês onde hoje se refestela. Evitando perguntar por minha irmã, deve ter mudado de posição a cada instante, torcendo o pescoço toda vez que o copeiro entrava com a vodca gelada ou os pasteizinhos. Divertido com a cena, e desejando prolongá-la, meu cunhado sem dúvida sonegou a notícia da intempestiva viagem de minha irmã. E aproveitou para falar sem pressa do sítio que a família de sua mulher possui nas montanhas. Calculo que tenha feito do sítio descrição tão minuciosa, que mesmo um detetive amador perceberia que ele nunca esteve lá. Mas não terá se esquecido de classificá-lo como um paraíso, fornecendo sua metragem e o valor do metro quadrado, antes de mencionar que a área se encontra ocupada por contraventores. Manifestou sua angústia diante do aparente impasse, tendo em vista a inoperância das autoridades locais, a morosidade da justiça, e a depreciação dos imóveis na região afetada. Confidenciou atravessar dificuldades financeiras momentâneas, e mostrou-se interessado em se desfazer da propriedade, sempre em nome da família de sua mulher, o que seria impraticável enquanto perdurasse a anormalidade. Ao acompanhar o delegado à porta, meu cunhado cuidou de lhe dizer que naquela noite sua mulher estava voando para o estrangeiro, mas voltaria em breve e deixara lembranças.

Agora o delegado nos comunica que o caso do sítio nas montanhas é mais grave do que suspeitava. Ao meu cunhado, informa que mandou levantar a ficha dos invasores. À magrinha, afirma que se trata de gente com ligações poderosas. A mim, remata que vai comandar a diligência pessoalmente, esta noite. Pousa o cálice com o licor azul na mesa de centro e levanta-se no descruzar das pernas, sem se apoiar no sofá. Diz que está na sua hora e beija a mão da magrinha, rogando-lhe que permaneça sentada. Abraça meu cunhado, que já estava em pé, e pede-lhe para aguardar um telefonema amanhã cedo. Olha para a vidraça e diz "vamos?", dando-me a impressão de convocar seu reflexo para a diligência. Mas em seguida me ergue da poltrona com a mão atravessada, e com a outra mão nas minhas costas guia-me através de salões e jardins.

Na garagem lotada de automóveis largos e sóbrios, o táxi amarelo é quase uma arrogância. Instalamo-nos nele, eu no banco traseiro e o delegado na frente, à direita. O empregado da cabeça enfaixada conversa no pátio com um sujeito de terno brilhante, que à distância me parece exibir com as duas mãos um peixe graúdo. Esse sujeito leva um susto quando o delegado toca a buzina, que ribomba na garagem, e acorre pulando num pé só. O que traz nas mãos é uma perna mecânica, que introduz pela janela e deposita no assento a meu lado, antes de se postar ao volante. O carro é hidramático, e no lugar do taxímetro há um equipamento de rádio com um microfone que o delegado chega à boca para transmitir nosso itinerário. Descemos as ladeiras do bairro da minha irmã, e a perna mecânica rola no meu assento. Aliso de leve o artefato, que é uma matéria plástica de cor acastanhada, essa que chamam cor da pele, embora a pele do dono seja bem mais escura. Penso que pode ser uma prótese alugada, ou importada às pressas, ou talvez ele a tenha preferido assim mesmo, após consulta ao catálogo. Há um encaixe de metal com presilhas logo abaixo do que seria o joelho, e meto a mão ali dentro para ver se a perna é oca. O sapato é clássico, envernizado e de bico fino, e as meias de seda estão coladas na canela.

Cruzamos a cidade em marcha moderada, e noto que outros carros vão se enfileirando atrás do nosso. A partir dos subúrbios o chofer desenvolve a velocidade, liderando uma extensa caravana. Transfiro a perna mecânica para o vão atrás do encosto, e me reclino; as curvas ao pé da serra sempre me deixam sonolento. Como é noite de lua, posso avaliar os bananais que proliferam nas vertentes, e identifico as barracas camufladas à margem de uma plantação. Vejo o delegado de perfil, mas já não escuto o que diz ao microfone, e que o chofer aprova com um sinal do polegar. Imagino que possa estar cantando baixinho, e os rádios dos carros que nos seguem captariam sua voz. E as pessoas fariam "shhhh" dentro dos carros, para ouvir melhor o recital. E o canto soaria íntimo, as labiais muito presentes, por causa da boca encostada no microfone. E se eu fechasse os olhos, ouviria também a canção do delegado, e me impressionaria um homem daquele tamanho saber cantar macio.

O táxi dá um pinote num quebra-molas, e reduz a marcha. Recomposto no assento, vejo à beira da estrada a placa com uma seta vermelha e o letreiro "Posto Brialuz". Ultrapassamos o posto, que está vazio, e derivamos por uma rua de areia. Com a luz dos faróis difusa na poeira, a atmosfera é de um meio-dia muito nebuloso. Vultos humanos acompanham o curso lento dos carros; estamos num vilarejo, e seus habitantes devem ter saído da cama para receber a comitiva. Os carros estacionam lado a lado, e são veículos particulares, de marcas variadas. Quando baixa a poeira, a bateria de faróis está assestada contra uma fachada de azulejos, com porta e janelas dando direto para a rua. A população do vilarejo aglutina-se, intuindo a iminência de um acontecimento. Mas por ser pouco numerosa, e inexperiente em acontecimentos, vagueia em bloco na arena iluminada. E dissolve-se ao ver saltarem quatro homens de cada carro, homens de terno sem gravata, cujas fisionomias me escapam. Alguns estão de costas, ou usam as golas erguidas, óculos de sol, bonés enterrados na cabeça. Outros acercam-se encarando o táxi, e a potência dos faróis anula seus traços. Formam um corredor do táxi à casa azulejada, por onde agora caminha o delegado com as mãos nos bolsos do paletó xadrez. Diminui a passada quando se abre a porta da casa, recuperando-a ao distinguir no umbral um senhor quase calvo, em uniforme de jogging, abraçado a uma mulher peituda, de peruca amarela e roupão de brocado. Cumprimentam-se, entram e fecham a porta.

O chofer levanta-se do táxi e pede para eu lhe alcançar a perna mecânica. Apoiado no para-lama, dobra a barra da calça brilhante e ajusta a prótese ao coto da perna esquerda. Os moradores do vilarejo reagrupam-se para ver de perto a operação, e desaparecem quando a porta da casa volta a se abrir. O delegado sai com a mão no ombro do senhor de cabelos ralos, que vestiu um casaco de couro e atravessa o corredor de homens sem rosto como um senador, sorrindo e balançando a cabeça para os lados. É conduzido ao táxi e senta-se comigo no banco traseiro. O delegado trata-o por colega, e apresenta-me como proprietário do sítio, como parte prejudicada e como cidadão queixoso. Ele aperta a minha mão com força, chacoalhando-a demoradamente, como se me encontrasse pela primeira vez. Mas eu o reconheço pelo nariz achatado de ex-pugilista.

O táxi dá uma ré, freia, arranca como quem vai longe e embica numa casa de esquina vinte metros adiante. A casa é a delegacia da comarca, e no terreno contíguo está o velho camburão que andou frequentando o sítio. O delegado e o ex-pugilista saltam do carro ao mesmo tempo, e o chofer se contorce para abrir por dentro a minha porta. O ex-pugilista senta-se ao volante da camionete, e o delegado faz sinal para eu subir pelo outro lado. Subo e me instalo no centro do banco inteiriço, achando que o delegado prefere a janela. Mas ele não embarca; bate a porta e se despede com dois tapas na capota, como quem enxota um cavalo.

11

Ao dirigir o camburão de volta à estrada, o ex-pugilista várias vezes respira fundo e cria gestos truncados; parece que pretende me dizer algo grave, o que torna mais grave o silêncio seguinte. Passamos por dentro do posto, e os outros carros vêm na nossa cola até a metade do caminho de barro que leva ao sítio. Acompanho-os pelo retrovisor, e quando seus faróis se apagam, sinto-me abafado naquela boleia. Quero abrir o vidro, não encontro a manivela, e o ex-pugilista respira todo o meu oxigênio. Troca e destroca a marcha à toa, freia e dá guinadas como se visse bichos no caminho. A camionete sacoleja tanto que não consigo fixar meu pensamento em coisa alguma.

A cancela abre-se à medida que nos aproximamos, como acionada por controle remoto. A camionete dá uma meia-trava, e o moleque da cabeça raspada aparece com os três pastores-alemães, que farejam as portas. O ex-pugilista manda o moleque deixar a cancela aberta, guardar os cães e descer para casa. É obrigado a repetir a ordem, pois o moleque permanece estático olhando para mim, até que larga uma bambuada no ar e afunda no mato com os pastores.

Os dois gêmeos de cuecas listradas aguardam junto dos trailers, com certeza alertados pelo estrépito da camionete. Vêm ao encontro do veículo ainda em movimento, estacam, e afastam-se ao me surpreenderem ali. O ex-pugilista desliga o motor e engata a primeira, mas a camionete continua descaindo no terreno acidentado, aos soluços. Os gêmeos dão as caras diante do capô, cada qual com um porrete na mão. Hesitam um momento, agacham-se, calçam os pneus dianteiros com os porretes. O ex-pugilista salta e encaminha-se ao trailer maior, que está às escuras e com as cortinas vedadas. Um dos gêmeos abre a minha porta e me arranca do camburão. O outro me ampara, levanta a minha camisa e afaga o meu peito, bole nos meus mamilos. Vejo o ex-pugilista subir a escadinha de três degraus e bater com insistência à porta do trailer. O primeiro gêmeo vira meu rosto com as duas mãos, enfia os mindinhos nos meus ouvidos e faz pressão, como se quisesse uni-los dentro do meu crânio. O segundo nos aparta, encosta-me numa árvore, e penso que vai me beijar na boca quando rebenta uma rajada de metralhadora dentro do trailer, e o ex-pugilista voa da escadinha. Os gêmeos vão acudi-lo, mas ele se recompõe sozinho, espana o casaco de couro e diz "puta merda". Entreabre-se a porta do trailer e surge o ruivo nu, com tantos anéis e pulseiras que parece mais nu ainda. Empunha uma metralhadora que eu diria de brinquedo, menor que seu antebraço. Tem uma cicatriz tal qual uma gravata pespontada da tireoide ao umbigo. Está com a cara amassada de sono e o olho esquerdo coberto de secreções, como quem acorda com conjuntivite.

Subimos todos ao trailer, o ex-pugilista por último, fechando a porta. O ruivo pousa a metralhadora na mesa de vidro, e entra no banheiro no fundo do carro. Abre o chuveiro, que reproduz o ruído da televisão ligada e fora do ar. Os gêmeos sentam-se na beira do divã com lençóis contorcidos, defronte ao chuvisco da televisão, e disputam as fitas de vídeo espalhadas no tapete. O ex-pugilista recosta-se na poltrona ao lado da mesa e sopesa a metralhadora. Eu fico em pé contra a porta, contando os furos de bala no teto do trailer.

O ruivo sai do banheiro com os cabelos enxaguados, os olhos lúcidos, uma toalha presa à cintura, e um medalhão de ouro no peito que realça a cicatriz grosseira, com queloide. Senta-se de frente para o ex-pugilista, alisa o tampo roxo da mesa e diz "cadê?".

O ex-pugilista diz "cadê o quê?". "Cadê as joias?", diz o ruivo olhando-me de esguelha. O ex-pugilista indica-me com a metralhadora, e diz que também nunca deu nada por mim, julgava-me um ladrão de bolsas, um malandrinho, um pé-rapado. E agora descobriu que sou o dono daquele sítio. Apressa-se a explicar que não estou ali para desalojar ninguém, pelo contrário, trago uma proposta interessante para todos nós. Respira fundo e diz que o apresentei esta noite a membros de uma grande organização, mas o ruivo já não presta atenção ao que ele diz; levanta-se, contorna a mesa, para diante de mim sem me fitar, e seu olho esquerdo é de vidro. Volta-se para o ex-pugilista e diz "você tá brincando comigo?", a voz falseteando no meio da frase. O ex-pugilista encolhe-se na poltrona, e parece masturbar o cano da metralhadora. Um gêmeo desliga a televisão, o outro desvenda uma janela, e o clarão de muitos faróis ilumina o teto esburacado. O ex-pugilista põe-se de pé e diz "tomei a liberdade de convidar o pessoal da organização para uma conversinha"; a fala saiu firme, num fôlego só, mas ao concluí-la ele sem querer recuou ligeiramente. Menos que um movimento, foi uma contração dorsal quase imperceptível, mas que permite ao ruivo adiantar um passo, sujeitando-o a se escorar na parede. Um homem armado não tem o direito de recuar, e, nessa situação, brandir a metralhadora é apenas um gesto estabanado. Ele já está encurralado, e seria facilmente rendido pelos gêmeos, que entretanto olham na minha direção e paralisam-se. O ruivo também olha através de mim, e fica lívido como um albino. Pelas minhas costas acaba de entrar o delegado, o corpo oblíquo para caber no trailer. Não precisa tirar as mãos dos bolsos para que os três levem as suas à nuca. Nem precisa abrir a boca para que eles baixem os olhos e se retirem do trailer em fila indiana, seguidos do ex-pugilista com a metralhadora em riste.

O delegado ocupa a cadeira do ruivo e manuseia os objetos sobre a mesa. Abre os tubos de remédio, cheira-os, esvazia no tapete um vidro de soníferos. Dedilha a esmo as teclas do telefone em forma de tartaruga, e esquece o aparelho de casco para baixo, bamboleando. Suspende o buda de porcelana, desenrosca-o como a uma lâmpada, e o ventre da estatueta vai se dividindo ao meio; seu bojo está cheio de um polvilho branco, provavelmente cocaína. Ouve-se uma rápida fuzilaria lá fora, e o delegado diz "os idiotas tentaram a fuga". Passa o dedo na cocaína e esfrega-a nas gengivas. Vou espiar pela janela, mas ele diz "olha que coincidência". Abre um estojo de madrepérola e pergunta se conheço as joias da minha irmã. Sem esperar resposta, despeja as joias na mesa e diz que correspondem exatamente à descrição que minha irmã lhe fez. Distribui-as entre os bolsos do paletó xadrez, ergue-se de sopetão, bate com a cabeça no teto e deixa o trailer.

Eu não quis olhar, mas os três corpos estavam de bruços na relva, um ao lado do outro, as mãos cruzadas à nuca. O delegado desce para o riacho com o chofer de terno brilhante, que quase não puxa da perna. Os outros homens vão adiante, e já atravessam a ponte de tábuas rumo à casa principal do sítio, de onde parte uma luzinha intermitente. O delegado para, vira-se e acena para que eu o acompanhe. Eu acho que essa gente não tem mais nada que fazer no sítio. Encaro o delegado e digo "agora chega", mas a voz sai tão débil que eu mesmo mal escuto. Talvez ele escute, pois abana a cabeça e sai do meu campo de visão.

Subo em sentido oposto, e percebo um início de claridade no topo das montanhas. Perto da cancela, encosto-me na pedra redonda onde eu gostava de ficar quando era pequeno. Lembro que nos fins de tarde eu convidava minha irmã para galgar a pedra, e ela sempre dizia "já vou", mandava-me ir na frente e esperar sentado. Então eu passava a noite sozinho ali em cima, tendo aprendido que a noite é superior ao dia. E que quando amanhece, não é o dia que nasce no horizonte, é a noite que se recolhe no fundo do vale.

Cruzo a cancela, e chega-me um estrondo que não sei se é de trovão ou de tiros ecoando nas vertentes. É possível que sejam as duas coisas. Daí a pouco começa a chover, e a plantação pega fogo.

Andei sem pressa grande parte do caminho de barro, o rosto para o alto, orgulhoso de tomar chuva. Forço a marcha quando noto que amanheceu. Abandono os tênis que me pesam, impregnados de lama. Corro descalço, patinando um pouco, e o rumor que me persegue deve ser uma trovoada distante. Mas também pode ser a camionete, o táxi, a frota de carros particulares; se me alcançarem, julgarão que estou tentando a fuga. Penetro os dedos nos ouvidos como o gêmeo fez, sentindo as cartilagens dilatadas. Corro de olhos cerrados, conheço o caminho. Há poças cada vez mais profundas, que supero numa carreira anfíbia. Piso afinal o chão seguro, e vejo-me atravessar desembestado a estrada em frente ao Posto Brialuz.

Reconheço o sujeito magro de camisa quadriculada no ponto do ônibus que desce a serra. Avistá-lo ali, não sei por que, enche-me de um sentimento semelhante a uma gratidão. Sigo correndo ao seu encontro, de braços abertos, mas ele me interpreta mal; encolhe os ombros e puxa uma faca de dentro da calça. É um facão de cozinha meio enferrujado, o gume carcomido, que ele mantém apontado à altura do meu estômago, e não terei como sustar meu impulso.

Estou a um palmo daquele rosto comprido, sua boca escancarada, e já não tenho certeza de conhecê-lo. Na verdade, conheço-o apenas pela camisa quadriculada, e é a camisa que abraço com força, e agarro e esgarço. Recebo a lâmina inteira na minha carne, e quase peço ao sujeito para deixá-la onde está; adivinho que à saída ela me magoará bem mais que quando entrou. Ele empurra meu peito para desentranhá-la, e some na ribanceira que dá noutras bandas.

Ao subir no ônibus, lembro que não tenho dinheiro para a passagem. Apalpo-me diante do motorista, que olha a mancha viva na minha camisa, faz uma careta e me deixa passar. Dou sorte de encontrar um banco vazio atrás de um padre preto e gordo com olhos esbugalhados, e à frente de um indivíduo esverdeado, que dorme com a face direita deformada contra o vidro. O motorista custa a dar a partida, olha para os lados, parece contar com outros passageiros. Penso em lhe avisar que hoje os moleques dos limões não vêm, mas sinto imenso cansaço. Encosto a cabeça no vidro.

Não haverão de me negar uma ficha telefônica na rodoviária. Ligarei para minha mãe, pois preciso me deitar num canto, tomar um banho, lavar a cabeça. Quando minha irmã chegar de viagem, de bom grado me adiantará seis meses do aluguel de um apartamento. Se mamãe não atender, andarei até a casa do meu amigo; ele não se importará de me hospedar até a volta da minha irmã. Se meu amigo tiver morrido, baterei à porta da minha ex-mulher. Ela sem dúvida estará atarefada, e poderá se embaraçar com a visita imprevista. Poderá abrir uma nesga da porta e fincar o pé atrás. Mas quando olhar a mancha viva na minha camisa, talvez faça uma careta e me deixe passar.

Fortuna crítica

Benedito Nunes

ESTORVO É O RELATO EXEMPLAR DE UMA FALHA*

Incluindo o narrador, os personagens aqui se identificam com seus próprios papéis sociais: a mãe, a irmã, a ex-mulher, o cunhado. As situações se alternam, tumultuosas, como numa mascarada trágica. Tenso, o espaço é compartimentado; distribui-se em seções fechadas: apartamentos, prédios, condomínios privados e um sítio, lugar da infância degradada do narrador, por onde entra no inferno do contrabando e do tráfico das drogas. O tempo não flui; varia segundo as idades dos prédios. Estamos num presente alucinatório, que ondeia entre sonho e vigília. Feito à imagem de suas relações com os outros e por essas relações esvaziado, o personagem narrador relata a sua existência fantasmal; a explícita diferença entre o real e o fantástico exigir-lhe-ia um Eu pessoal que ele não tem. *Estorvo* é o relato exemplar de uma falha, de uma vertigem, de uma despossessão.

Exemplar também quanto à forma — mais forma de novela do que de romance —, *Estorvo* é uma narrativa a galope solto, num ritmo de suspense; sua temporalidade própria, carregando o tempo fixo, espacializado, recorrente, das coisas e situações, é o

---

* *Folha de S.Paulo*, 3 ago. 1991.

andamento ágil, mas numa chave onírica, obsessiva, que impossibilita, apesar das repetidas referências do narrador à sua infância, o reencontro do tempo perdido.

Assim, o passado do narrador se anula, seu futuro é a expectativa do pior, e a procura de si mesmo, um movimento inconsequente, marcha voluntária para o suicídio-assassinato. Outra particularidade formal desse relato, em correspondência com o andamento ágil, lesto, frenético, é a causalidade do imaginário, anulando a causalidade natural. Em vários momentos, o narrador não sabe (e o leitor com ele) se conta o que lhe aconteceu ou aquilo que imagina ter-lhe acontecido. Sonhamos a nossa realidade ou realizamos os nossos sonhos? De qualquer forma, a realidade, muito nossa — de uma época, de uma geração, de um país —, que *Estorvo* configura é a realidade de um sonho mau, de um demorado pesadelo.

A ficção de Chico Buarque transporta o peso desse pesadelo. Antes de ser novela ou romance, é uma esplêndida e angustiante parábola.

Roberto Schwarz

SOPRO NOVO*

Em Estorvo, *Chico Buarque inventa uma forte metáfora
para o Brasil contemporâneo*

Estorvo é um livro brilhante, escrito com engenho e mão leve. Em poucas linhas, o leitor sabe que está diante da lógica de uma forma. A narrativa corre em ritmo acelerado, na primeira pessoa e no presente: a ação que presenciamos consiste no que o narrador, que é o protagonista, faz, vê e imagina. A linguagem reúne aspirações difíceis de casar: trata de ser despretensiosa — palavras de um homem qualquer —, mas ainda assim aberta para o lado menos imediato das coisas. A combinação funciona muito e produz uma poesia especial, que é um achado de Chico Buarque. A expressão simples faz parte de situações mais sutis e complexas do que ela.

O romance começa com o narrador semidormido diante do olho mágico de um quarto e sala. A cara do outro lado da porta, nem conhecida nem desconhecida, o decide a tomar a fuga que irá movimentar o entrecho. Havia razão? Não havia? Alucinações e realidade recebem tratamento literário igual, e têm o mesmo grau de evidência. Como a força motivadora das primeiras é maior, o

* *Veja*, 7 ago. 1991.

clima se torna onírico e fatalizado: o futuro pode dar mais errado ainda. A interpenetração de realidade e imaginações, que requer boa técnica, torna os fatos porosos. Esta cara é feita de outras caras, a barba eu conheço de outro queixo, o presente é composto de outros momentos. O relato seco e factual do que está aí, bem como do que não está, ou da ausência na presença, opera a transmutação da ficção de consumo em literatura exigente (aquela que busca estar à altura da complexidade da vida).

As necessidades da fuga, com suas pressas e seus vagares, filtram o sentimento da cidade. O Rio existe fortemente no livro, mas de maneira íntima, de relance, sem nada de cartão-postal. Nas cenas iniciais há o que se poderia chamar de emoção da topografia e dos contrastes: o narrador desce às carreiras a escada de serviço, dobra a esquina que há um momento observara do sexto andar, corre pelo túnel na contramão, emerge aliviado noutro bairro, onde respira outros ares, e começa a subida da encosta em direção ao verde e às mansões de blindex, de onde vê o oceano. O leitor confira na imaginação a poesia dessa sequência.

Dependendo do ponto de vista, o narrador é um joão-ninguém ou um filho-família desgarrado. O primeiro mora num quarto e sala, anda de jeans, camiseta branca e tênis, bebe água na pia de mictórios fedidos, e arrasta a sua mala pelas calçadas. Mas sabemos também que o seu falecido pai tinha naturalidade para gritar com empregados; que a mãe fica quieta quando atende o telefone, porque acha impróprio uma senhora dizer alô; que a irmã, casada com um milionário, mora na mansão de blindex; que o belo sítio da família virou plantação de maconha e refúgio de bandidos.

Pode-se dizer também que se trata de um filho-família vivendo como joão-ninguém a caminho da marginalidade. Quais os conflitos embutidos nessa composição? Note-se que a tônica do romance não está no antagonismo, mas na fluidez e na dissolução das fronteiras entre as categorias sociais — estaríamos nos tornando uma sociedade sem classes, sob o signo da delinquência? —, o que não deixa de assinalar um momento nacional. Ainda assim, não se entende o nivelamento sem considerar as oposições que ele desmancha.

A fala em primeiro plano, muito simpática, é do homem qualquer, cuja ética é uma estética, ou cuja birra das presunções sociais se traduz, no plano da expressão, pela exclusão de fricotes e afetações literárias. Desse prisma, refinado a seu modo, e cuja data é o radicalismo estudantil dos anos 1960, o luxo dos ricos não passa de desafinação. A casa de concreto e vidro está errada, os cavalheiros com cara de iate clube também, e a irmã muito produzida idem: "Eis minha irmã de peignoir, tomando o café da manhã numa mesa oval". Mas os tempos são outros, e a antipatia pelo dinheiro não impede o narrador de aproveitar uma visita para roubar as joias que o levarão para o campo da marginália. Por seu lado, os ricos não lhe condenam o temperamento "de artista", como aliás não antipatizam deveras com o mundo do crime. O assunto que excita o cunhado é o estupro de que foi vítima a mulher, que entretanto flerta com o delegado que se encarregou do caso, o qual se dá com os bandidos, que podem ser os do crime ou outros. Uma promiscuidade apocalíptica, à qual todos já parecem acostumados, e que pode ser imaginação do narrador, mas pode também não ser. Como a geografia, a história está nesse livro só indiretamente, mas faz a sua força.

Numa grande cena de rua, com corre-corre, camburões e TV, uma baixinha com cara de índia procura impedir a prisão do filho, aos gritos e com bons argumentos. O narrador sente que vai ficar a favor dela, mas logo vê que se enganou, pois a mulher para de gritar quando percebe que não está sendo filmada. O episódio, que o narrador preferia que não tivesse acontecido, explica muita coisa, talvez marque um horizonte de época. O desejo de tomar o partido dos pobres e de vê-los defender na rua os seus direitos sobe de supetão, para se apagar em seguida. É como um reflexo antigo, antediluviano, hoje uma reação no vazio, já que a alegria do povo é aparecer na televisão. O desejo de uma sociedade diferente e melhor parece ter ficado sem ponto de apoio. Estaríamos forçando a nota ao imaginar que a suspensão do juízo moral, a quase atonia com que o narrador vai circulando entre as situações e as classes, seja a perplexidade de um veterano de 68?

O outro local importante do livro é o velho sítio da família. Como espaço da infância, da gente simples e da natureza, pareceria um refúgio, o remédio para os desajustamentos do narrador. Ao chegar lá, entretanto, ele encontra um povo — crianças inclusive — organizado e escravizado para a contravenção, siderado por videogames, motocicletas, blusões e tintura para cabelos, além de preparado para negociar com as autoridades. Ou seja, fechando o círculo, a mesma coisa que na mansão de blindex: no reservatório das virtudes antigas não há mais água limpa. Assim, depois dos tempos em que a pobreza ignorante seria educada pela elite, e de outros tempos em que os malfeitos dos ricos seriam sanados pela pureza popular, chegamos agora a um atoleiro de que ninguém quer sair e em que todos se dão mal.

Por um paradoxo profundamente moderno, a indefinição interior dos caracteres tem como contrapartida uma visibilidade intensificada. Gestos e movimentações têm a nitidez a que nos acostumam, a história em quadrinhos, as gags de cinema, os episódios de TV, bem como o sonho ou o pesadelo. Essa exatidão, muito notável, decorre em primeiro lugar da felicidade literária e da observação segura do escritor, e também da escola do romance policial. Mas há nela um outro aspecto, bem perturbador. É como se no momento ela não fosse apenas uma qualidade artística, mas uma aspiração real das coisas e das pessoas ao figurino evidente, ao logotipo delas mesmas. A irresistível atração da mídia ensina e ensaia a figura comunicável, o comportamento que cabe numa fórmula simples, onde a palavra e a coisa coincidam. É por esse lado de clone publicitário que Chico Buarque fixa as suas personagens. A irmã elegante sobe as escadas e gira o corpo, conforme o ensinamento da modelo profissional; o marido desfere o saque bufando, como os tenistas campeões; os marginais fazem roncar as suas motos vermelhas, numa cena que eles mesmos já viram em filme, e usam anéis enormes, que ofuscam como faróis. Malandros, milionários, empregados, bandidos e, naturalmente, a polícia, todos participam do mundo da imagem, onde brilham acima de seus conflitos, que ficam relegados a um estranho sursis. O acesso ao espetáculo dos circuitos e dos objetos modernos parece compensar de modo mais do que suficiente a sua substância horrenda.

Vista no conjunto, a linha da ação tem a força da simplicidade, apesar das alucinações. A fuga não vai a nenhuma parte, ou melhor, o narrador fica voltando aos mesmos lugares. São reincidências sem fim à vista, embora não possam também ser infinitas, pois a situação se agrava a cada vez. Nas cenas finais, o monstruoso toma conta. De olhar fixo no grotesco dos outros, que de fato é extremo, o narrador não nota a crosta de sujeira, hematomas, feridas e cacos de vidro — sem mencionar a confusão moral — que acumulou e o deve estar desfigurando. Essas informações cabe ao leitor reunir, para visualizar a personagem que lhe fala, não menos anômala e acomodada no intolerável que as faunas do luxo ou do submundo. A certa altura, numa de suas alucinações, inconsciente de seu aspecto, o narrador quer abraçar na rua um homem que julga reconhecer. Este não hesita em se defender com uma faca de cozinha. Estripado, o narrador pega o ônibus e segue viagem, pensando que talvez a mãe, um amigo, a irmã ou a ex-mulher possam lhe dar "um canto por uns dias". Esta disposição absurda de continuar igual em circunstâncias impossíveis é a forte metáfora que Chico Buarque inventou para o Brasil contemporâneo, cujo livro talvez tenha escrito.

Sérgio Sant'Anna

NARRATIVA TENSA*
O que sobressai no romance de Chico Buarque
é a escrita mais exigente da literatura

Ao chegar à última página de *Estorvo*, o leitor poderá sentir-se ludibriado porque algo lhe escapa neste romance. E será tentado, provavelmente, a voltar ao início do livro para encontrar a chave do seu mistério. Mas a primeira página o remeterá ansioso à segunda, e esta à terceira e assim sucessivamente até o final do livro, e daí de novo ao princípio de um fio narrativo tenso, com suas frases curtas repletas de ação e de imagens que deságuam umas nas outras. Alguma coisa sempre está acontecendo, mas logo se percebe que não é bem isso, mas outra coisa, que também acaba não sendo, exatamente.

Se chave deve existir, ela se encontrará na epígrafe à obra, em que a palavra *estorvo* se resolve não no dicionário, mas em associações que pertencem mais à poesia.

Mas sentir-se-ão ainda mais logrados os que procurarem na ficção do autor o lirismo de maior apelo da canção popular. Embora

---

* *Jornal do Brasil*, 3 ago. 1991. Disponível em: <http://memoria.bn.br/DocReader/030015_11/38935>.

este surja aqui e ali — em frases como "o que eu lhe dissesse, amarraria a cara mas faria. Pedisse dinheiro, demoraria um pouco mas daria" —, o que sobressai é a escrita mais exigente da literatura. Ponto para esse cantor e compositor de grande renome, que consegue a proeza de que não o reconheçam nesta obra, a não ser pela assinatura, e por uma das suas qualidades sempre bem observadas: o humor fino, muitas vezes cruel, mas em tudo ajustado ao drama brasileiro, que atualmente se representa com grosseria na imensa boca do lixo em que se transformou a comunicação de massa no país.

O resenhista, aqui, destacou a ação, mas também não se iludam os muitos prováveis leitores quanto a encontrarem uma história policialesca, repleta de diálogos cortantes e ganchos narrativos. A ocorrência policial existe, mas surge em forma da verdadeira representação nacional, mordaz, como no caso do assassinato do professor de ginástica, ou até aterrorizante, no rosto dos leprosos plantadores de maconha. Inevitavelmente, haverá o contraste — e a guerra — entre a opulência e a miséria, só que não reduzidos ao gosto das equações simples. Sempre presente, como testemunha ou participante aleatório, o narrador personagem.

Melhor seria, talvez, falar antes em perambulação do que em ação e, nesse ponto, o autor se encaixaria numa das atuais direções da literatura brasileira, que tem a sua melhor expressão em João Gilberto Noll. Uma perambulação por espaços físicos do Rio de Janeiro e seus arredores que, embora não nomeados, nos são familiares, vistos através do olho mágico do sonho ou de cenários econômicos de cinema. Um passeio também por personagens nunca caracterizados psicologicamente, com seus nomes estranhíssimos (Osbênio, Clauir), e sim como emblemas de uma sociedade desagregada: a índia, o porteiro do edifício Conenal que escuta no rádio o pastor Azéa, ou o morto que viaja no obscuro ônibus da periferia. Personagens às vezes importantes na busca do narrador, como "a irmã", ou "o amigo", com seus poemas russos e franceses, perseguido e perseguidor em sua dubiedade sexual.

Uma perambulação, assim, por um espaço também interior daquele que narra, vê, se vê e é visto pelo olho mágico da porta do apartamento, nessa busca de identidade que, sem uma intenção escancarada, pode ser a de um brasileiro perdido, hoje.

Marisa Lajolo

CHICO BUARQUE ENTRE O REAL E O IMAGINÁRIO*

Há quase trinta anos, o cenário cultural brasileiro abria espaço para um tipo de canção que — menos monocórdica que a bossa nova e mais trabalhada que o samba de morro — combinava bem com os novos modos de vida que se impunham ao país... Era um tempo que já vai longe, em que se vivia à toa na vida: uns, caminhando contra o vento; outros, cantando e seguindo a canção.

Carolinas em disponibilidade, os festivais de música popular eram as vozes que nos diziam a todos. E, entre tantas vozes, tons e melodias, veio o violão de um estreante Chico Buarque, que convidava o povo para ver a banda. Convite aceito, vieram depois as januárias e as morenas de Angola, avós e bisavós das rosas e das lias de agora.

Mas em toda a farta, constante e aplaudida produção de Chico Buarque, nada que preparasse ninguém para a artilharia pesada de seu recém-lançado romance *Estorvo* (Companhia das Letras).

Artilharia pesadíssima, de deixar o leitor de molho e de ressaca, olhos pisados e peito opresso por dias e dias depois da leitura. É, então, ainda nocauteada, que afio as facas de métier para, se não

---

* *O Estado de S. Paulo*, 31 ago. 1991. Disponível em: <https://acervo.estadao.com.br/pagina/#!/19910831-35753-nac-0081-cul-7-not/busca/estorvo>.

explicar, ao menos tentar entender o nocaute. Pois dessa vez, não tendo a música por cúmplice, violão nem microfone por álibi, Chico deixa livre e aberto o campo para especulações literárias.

Da canção à montagem teatral e à miscelânea do filme, a obra de Chico costuma vir sempre de cambulhada com música, movimento, imagem... tudo acionado ao mesmo tempo, de forma que só uma mutiladora amputação do texto permite falar na *literatura* de Chico Buarque; apenas *Fazenda Modelo* fugiu à regra dessa miscigenação de linguagens. Foi nessa sombria fábula política de 1975 que, a sós com a escrita e com a leitura, Chico e seus fãs dispuseram exclusivamente de enxutas linhas e entrelinhas para dar e receber recados.

Só agora Chico vai de novo pedir ao despojamento da prosa a linguagem para enveredar pela literatura deste seu romance.

Livro curto, narrado sempre pela personagem que protagoniza os episódios que narra, *Estorvo* é um romance pesado, sóbrio, que incomoda; estorva. Um narrador em trânsito, percorrendo itinerários involuntários, suspenso no tempo e no espaço de uma vontade dissipada e obscura, flutua entre o real e o imaginário. Conduzido por esse personagem sem espanto, sem tédio e sem paixão, do pesadelo à realidade e do sonho à vigília, o leitor não sabe bem qual é qual: desconcerto, desnorteio.

Conversas que se interrompem, telefones que tocam sem que ninguém atenda, autonomia de pés e de mãos que vão e vêm à revelia da vontade, muros a serem transpostos, shoppings cujas vitrines compartimentam solidões, malas e pacotes indesejáveis vão compondo uma vida à deriva, que transcorre num mundo cuja dissipação de sentido é o estorvo maior, intransponível.

Surpreende-se e assusta-se, então, com esta obra, o antigo e fiel ouvinte de Chico Buarque: onde, neste romance, a contramão organizada, a malandragem redimida, o desencontro reversível? Parece difícil encontrar nas cento e tantas páginas de *Estorvo* parentesco ostensivo com o Chico de outros textos e outras linguagens…

Mas talvez a ruptura desse Chico de hoje com o violão que embalou toda uma geração não seja, assim, tão completamente inesperada. Alguns estudos dedicados à sua obra — em particular *Desenho mágico: Poesia e política em Chico Buarque*, de Adélia Bezerra de Meneses, e o ensaio "Gol de letras", de Humberto Werneck (do livro *Chico Buarque, letra e música*) — já apontam rupturas e transformações na obra anterior de Chico, sugerindo, em sua temática lírica e social, um percurso que cruza amores & protestos, inscrevendo ambos numa trajetória ascendente de radicalismo e perplexidade, sugerindo que, pouco a pouco, a obra de Chico ia mesmo deixando longe os tempos em que era possível cantar uma vida vivida à toa…

No entanto, não é só a *vida vivida à toa* que *Estorvo* proscreve. As raízes do nocaute com que o livro ameaça seus leitores se ancoram mais no fundo, talvez nas expectativas criadas pelo compositor que cantou como poucos o cotidiano classe média da cidade grande. Chico flagrou o dia a dia de uma geração que, embora de diferentes lugares, com ele e como ele viveu os anos dourados, o golpe de Estado, a ditadura, a repressão, a liberação sexual, o consumismo desenfreado, e agora dissolve-se na geleia geral que a Tropicália de Gil anunciava… Viveu tudo isso e como que não se recuperou do susto!

Mas, pasmada embora, e até perplexa algumas vezes, a voz que fala e a melodia que rola nos textos de Chico anteriores a *Estorvo* é uma voz coesa, coerente, que encontra o que narrar ao desfiar episódios, pessoas e coisas que *fazem* sentido. O mundo desse Chico mais antigo é um mundo de sentidos lineares, ainda que sinuosos. Até textos-limite como "Construção" (1971) e "O que será" (1976) *admitem* sentidos. Ainda que não se identifique com clareza o sujeito de

"Construção", o paralelismo e as proparoxítonas encarregam-se de amarrar o que a permutação de predicados embaralhava. Ainda que as interrogações de "O que será" não tenham respostas, fica afiançado o direito a perguntas. "Construção" e "O que será" são belíssimos textos que marcam o limite da apreensão de um mundo cujo sentido se esgarça tanto no nonsense e nas reiteradas indagações quanto na quase intolerável repetição ampliada da música que com os versos se entrelaça.

Mas esse sentido esgarçado não afligia nem aterrava. Era ainda um sentido, precário embora: é como se nesses anos 1970 o enigma do sentido e a opacidade do real, como estorvo à compreensão do mundo, estivessem na esquina, ou melhor, passassem na janela: mas Chico não via ou, se via, fazia que não via.

Essa opacidade pressentida do mundo retorna mais tarde, por exemplo, no lirismo ambíguo de "Na ilha de Lia, no barco de Rosa" e navega quase desatada no belíssimo e intrigante "Baticum". Ambas são composições do final dos anos 1980 e habitam o mesmo disco que traz a canção "Uma palavra". Esta pode constituir a senha que nos ajuda a decifrar a passagem do Chico soft, habitante de discos e fitas, para o Chico hard de papel e tinta: "palavra dócil/ palavra d'água pra qualquer moldura/ que se acomoda em balde, em verso, em mágoa/ qualquer feição de se manter palavra".

Se a hipótese é plausível, então *Estorvo* não é um caso de geração espontânea. O romance inscreve-se na tradição de outros textos nos quais se podem encontrar prenúncios dessa linguagem-estorvo que espanta consumidores do Chico de Carolinas & demais senhoritas de comportamento acima de qualquer suspeita. Em *Estorvo*, a diluição de sentidos e o embaralhamento de tempos e espaços apagam de vez qualquer hipótese de happy end e criam um mundo intoleravelmente inóspito, labiríntico, instável, sem saída...

É por aí que o antigo freguês de Chico corre o risco de demitir-se: habituado à dieta light de bandas, madalenas e malandros, mesmo que temperados com o ritmo levemente indigesto de sambas de Orlys e Cálices, o leitor pode sucumbir à tentação de pedir baixa do fã-clube: onde foi parar a antiga cumplicidade?

Em *Estorvo*, um narrador anônimo, abúlica criatura à mercê de tudo e de todos, é quem conduz o leitor. Conduz, aliás, é modo de dizer: o narrador deixa-se seguir pelos espaços e episódios de que participa, sem que o leitor consiga entender o porquê de tudo o que presencia: quem é, afinal, a indesejável visita que, entrevista pelo olho mágico, põe o narrador em fuga? Afinal, o narrador foi ou não cúmplice do assalto à casa da irmã? E o homem da camisa quadriculada e a menina de cabelos crespos e os peões mutilados: quem são eles e o que têm a ver com a história? Aliás e sobretudo: qual é a história?

Mas, se é legítima ao leitor a honesta curiosidade por tais e tantas outras questões, é igualmente legítimo ao narrador trapacear ao respondê-las: respondê-las de forma insatisfatória e, até mesmo — pasmem os leitores! —, não respondê-las e nem sequer ouvi-las, ficando, assim, à disposição de terceiros a ingrata tarefa de fazer as vezes de intérprete, quase inevitavelmente traindo expectativas de ambos os lados do papel ao selecionar suas perguntas e oferecer suas respostas.

No caso deste romance, uma tentação imediata para as afiadíssimas facas do métier é ver o sem sentido do livro como o sentido possível do Brasil contemporâneo, ver a ruptura do texto como a experiência do aqui e agora alienado que se vive, e analisar a frouxidão do enredo como a impossibilidade de sentido no mundo reificado... Para os que acreditam em aparato crítico, prato cheio, sobretudo se salpicado de *pós-modernidade*, *desconstrução* ou *novo historicismo*, grifes em alta nos entrepostos da teoria literária.

Para os que desacreditam tais especialidades, quer por não terem acesso a elas, quer por considerá-las indigestas, resta, além do esperneio, a repetição da leitura, agora desenrolada na contraluz de um som que, à flor da pele e à flor da terra, se pergunta incessantemente *o que será que será?*, até que uma resposta satisfatória venha das experiência lidas e vividas por cada um ou — quem sabe? — até que chegue a roda-viva e afaste a pergunta pra lá...

Augusto Massi

ESTORVO, DE CHICO BUARQUE*

I

A publicação de *Estorvo* é, sem dúvida alguma, um acontecimento cultural. A trajetória do compositor Chico Buarque de Hollanda transcende em muito o terreno propriamente literário, pertence à esfera da cultura: erudita, popular e de massa. Esse fato que, no seu caso particular, deveria contar a favor do livro, provoca um bocado de desconfiança: o livro é realmente bom? Qual a razão de tanto barulho? Outro escritor brasileiro obteria o mesmo tratamento da mídia?

Tem sido comum, em certos meios intelectuais, torcer o nariz para obras literárias escritas por artistas que não pertencem ao "pedaço". Os comentários, em face da precária vida cultural do país, variam do entusiasmo absoluto às restrições irônicas. Dito isso, seria interessante, antes de analisar o novo romance de Chico Buarque, situá-lo diante de tais questões.

Em primeiro lugar, não é surpresa alguma Chico Buarque ter escrito *Estorvo*. Além de compositor, ele já enveredou pelo teatro

---

* *Novos Estudos Cebrap*, São Paulo, n. 31, pp. 193-8, 1991. Disponível em: <http://novosestudos. com.br/wp-content/uploads/2017/03/08_estorvo.pdf.zip>.

(*Roda viva, Calabar, Gota d'água, Ópera do malandro, Geni, O Grande Circo Místico*), pela literatura infantil (*Chapeuzinho Amarelo*) e pela própria ficção (*Fazenda Modelo*). Essa variedade de registros vem, com certeza, da posição particular que ocupa. Embora tenha atuado na esfera da cultura popular, por seu repertório e formação intelectual transitou com desenvoltura dentro do universo da cultura erudita. Este é um traço marcante da sua poética: estabelecer uma relação reversível, por isso mesmo enriquecedora, entre o popular e o erudito.

Por uma disposição pessoal profunda — manifestação do seu espírito crítico e criador —, Chico caminha sempre no sentido inverso dos processos culturais tradicionais. Quando optou pela carreira de compositor popular, esta não era uma atividade nobre entre os intelectuais. Só para refrescar a memória, o pioneirismo de Vinicius de Moraes, um homem-ponte, foi interpretado sob a dupla ótica do preconceito social e artístico. Afinal, no início dos anos 1960, não ficava bem para um diplomata conviver com sambistas e, menos ainda, praticar uma arte considerada menor. Trinta anos depois, a relação é diametralmente oposta. A radicalidade das letras de Caetano Veloso, Gilberto Gil e do próprio Chico Buarque conferiu à MPB um prestígio tão grande, que provocou uma mudança de rota: nomes como Torquato, Cacaso ou Leminski são alguns dos letristas que migraram da poesia para a MPB.

No entanto, é preciso lembrar que, atualmente, a MPB não opera segundo os padrões da cultura popular, mas na esfera (desfigurada) da cultura de massa. Por isso, quando Chico resolve escrever um romance, longe de qualquer capricho pessoal ou jogada publicitária, é possível enxergar nesse gesto uma posição de resistência. Quando a rua parecia ser de mão única, Chico refaz a trajetória: da MPB para a literatura. Isso, por outro lado, é o reconhecimento de que os artistas da MPB, como em outros setores da cultura, vivem um grande impasse e já não veem mais a canção como o único veículo privilegiado de sua expressão (no terreno da poesia, a recente publicação de *Tudos*, de Arnaldo Antunes [São Paulo, Iluminuras, 1990], reforça a ideia de uma alteração de rota).

Podemos ir um pouco além e afirmar que a literatura hoje, por pressões exteriores a ela mas que implicam sua sobrevivência, está se adaptando às leis da cultura de massa. A recente modernização e agressividade do mercado de livros no Brasil — incluindo Bienais, estratégias de marketing no rádio e na TV — encontra na ousadia da editora Companhia das Letras a melhor representante desse processo de transformações. A possível desconfiança em relação à qualidade do romance de Chico Buarque — contra a qual o editor Luiz Schwarcz tentou se precaver enviando as provas de *Estorvo* a um grupo seleto de críticos — vem precedida de discussões e desconfianças semelhantes diante dos últimos lançamentos da editora: *Agosto*, de Rubem Fonseca; *Boca do Inferno*, de Ana Miranda; e *Filmes proibidos*, de Bruna Lombardi.

A discussão é legítima e tem desdobramentos culturais importantes (ver o ensaio de José Paulo Paes, "Por uma literatura de entretenimento (ou: O mordomo não é o único culpado)", em *A aventura literária* [São Paulo: Companhia das Letras, 1990]). Porém, para não encompridar muito, poderia resumir a equação da seguinte maneira: Rubem Fonseca, um escritor talentoso e com uma obra respeitável, tem sinalizado no sentido da cultura de massa e para isso teve de fazer concessões que comprometeram visivelmente o seu projeto literário; o romance histórico de Ana Miranda e o pós-moderno de Bruna Lombardi perseguem a legitimação da cultura erudita, via o verniz da moda e as exigências da elite dita culta. Daí a necessidade de ambas terem um pé no passado e outro na modernidade, amparadas no eruditismo das citações e no perfil transgressor dos personagens. Esse quadro criava um certo mal-estar em relação à estratégia e ao projeto editorial da Companhia das Letras, muito embora o editor Luiz Schwarcz tenha em seu catálogo outros títulos importantes, com reconhecimento da crítica especializada, como o relançamento de um clássico contemporâneo, *Lavoura arcaica*, de Raduan Nassar, e a boa estreia de Milton Hatoum, com *Relato de um certo Oriente*.

O empenho do editor na publicação do romance de Chico Buarque representa, sob todos os aspectos, um momento feliz de seu projeto, que parece ter encontrado em *Estorvo* um equilíbrio entre forças conflitantes: o mercado e a qualidade. A figura carismática de Chico Buarque possui o apelo que o mercado reclama, mas o escritor não precisou fazer nenhuma concessão para alcançar um público mais amplo. Ao contrário, atingiu um grau de elaboração literária capaz de agradar ao leitor mais exigente (ver "Sopro novo", de Roberto Schwarz, *Veja*, 7 ago. 1991; "*Estorvo* é o relato exemplar de uma falha", de Benedito Nunes, *Folha de S.Paulo*, 3 ago. 1991; "Narrativa tensa", de Sérgio Sant'Anna, Ideias, *Jornal do Brasil*, 3 ago. 1991).

É preciso dizer, ainda, que o livro de Chico Buarque não deve ser visto como um fenômeno isolado. O mesmo vale para a atuação da Companhia das Letras. Recentemente, Jean-Claude Bernardet, procedendo da crítica cinematográfica, escreveu um livro excelente, *Aquele rapaz*, publicado na importante e coerente coleção Espaço Brasileiro, da editora Brasiliense. Poderíamos citar também *Graça*, de Luiz Vilela, publicado pela Estação Liberdade; *Joias de família*, de Zulmira Ribeiro Tavares, pela coleção da Brasiliense; e *O Evangelho segundo Judas*, de Silvio Fiorani, publicado pela Best Seller.

Mas é preciso reconhecer que havia na geração de Chico Buarque um desejo de intervir, de alterar os rumos da história do país, que justificava a própria vontade de criar e existir. Uma boa parte da literatura brasileira contemporânea parece ter abdicado desse papel. A publicação de *Estorvo* revela que a inteligência, a vontade e a responsabilidade pessoal de Chico Buarque ainda estão intactas e conservam uma profunda atualidade.

II

Estorvo começa com um significativo emblema visual: um olho mágico. Trata-se de uma escolha fundamental para a organização simbólica da narrativa, representada pelo movimento circular do enredo. Ele delimita o campo de visão do personagem e do leitor: revela um contorno, projeta um foco e, simultaneamente, distancia, oculta.

Logo na abertura, o personagem principal é arrancado da cama pelo som da campainha que toca insistentemente. Ao chegar à porta, não consegue, através do olho mágico, definir "aquele sujeito" de barba, terno, gravata e cabelos escorridos até os ombros. O estranhamento inicial prepara a entrada do personagem num mundo turvo, carregado de ambiguidades.

A primeira delas diz respeito à *identidade*. A impressão inicial é de que o olho mágico funciona como um espelho, e "aquele sujeito" pode ser o próprio protagonista. Após sucessivos estranhamentos, ele atua como um filtro de imagens, um lugar de passagem: "Agora me parece claro que ele está me vendo o tempo todo. Através do olho mágico ao contrário, me vê como se eu fosse um homem côncavo". Para, finalmente, voltar a ser apenas um dispositivo circular dotado de pequena lente, que permite olhar de dentro para fora sem ser notado. Nesse instante, dá-se um reconhecimento: "Só sei que era alguém que há muito tempo esteve comigo, mas que eu não deveria ter visto, que eu não precisava rever, porque foi alguém que um dia abanou a cabeça e saiu do meu campo de visão, há muito tempo". E é assim que o protagonista ganha as ruas e, entre o delírio persecutório e a turvação do real, inicia uma fuga na contramão da história.

A segunda ambiguidade refere-se ao *espaço*. A cena inicial ganha relevo quando percebemos que boa parte da trama está estruturada segundo um par de opostos: o lado de dentro e o lado de fora. É importante sublinhar essa polaridade espacial, pois é graças a ela que o movimento rítmico da obra adquire evidência, desvelando um sentido oculto. O protagonista está permanentemente entrando ou saindo de algum lugar, deslocando-se incessantemente, e toda essa movimentação visa deslocar a atenção do leitor, envolvê-lo no torvelinho da prosa. O problema principal é que o personagem está num beco sem saída, andando em círculos: do condomínio da irmã ao sítio da família, da butique da ex-mulher ao edifício de um velho amigo e, novamente, do apartamento da ex-mulher ao condomínio da irmã. Esse entrelaçamento entre movimento e imobilidade, entre dentro e fora, provoca no leitor a sensação de que a alucinação do protagonista dissolve a realidade. Por outro lado, através desse estado alucinatório, descrito com o senso agudo do detalhe realista, vislumbramos uma hiper-realidade. Até mesmo o campo, local amplo e aberto, é transfigurado segundo a lógica do dentro e do fora: "Sinto que, ao cruzar a cancela, não estarei entrando em algum lugar, mas saindo de todos os outros. Dali avisto todo o vale e seus limites, mas ainda assim é como se o vale cercasse o mundo e eu agora entrasse num lado de fora".

Mas se *identidade* e *espaço* estão ligados por um ritual de identificação — seja no condomínio da irmã, na butique da ex-mulher ou no sítio, onde sempre perguntam quem ele é e o que faz ali —, o *tempo* é o terceiro elemento marcado pela ambiguidade que, associado aos outros dois, torna aguda a indeterminação social e psicológica do protagonista. Os deslocamentos, as constantes viagens, o perambular pela cidade, o entrar e sair de casas alheias, além de refletirem o *desenraizamento* do protagonista, revelam no zigue-zague do tempo o esforço da memória para reconstituir o conjunto das experiências esgarçadas. O leitor será desafiado a costurar um sentido. Por exemplo, a lembrança do amigo com quem bebia à beira da piscina aparece nítida, mas falta um detalhe: "Só não consigo me lembrar dos pés do meu amigo. Vivíamos descalços, e não me ocorre ter olhado alguma vez aqueles pés". Essa falta vai se reunir, sintomaticamente, à única parte que pode ver do corpo de um morto, anos depois, diante do edifício do mesmo amigo: "Os pés do morto ficaram descobertos". A aproximação sugere perguntas: serão os mesmos pés? O corpo morto será o do amigo? O próprio protagonista trata de aumentar a zona de indeterminação: "Não sei dizer se os pés do meu amigo eram enormes, como os do professor de ginástica assassinado".

Mais adiante, quando o protagonista reflete sobre os mecanismos da memória, Chico Buarque parece revelar um dos princípios formais de sua prosa, a *refração* das histórias e a *turvação* de certos núcleos articuladores do enredo: "Mas mesmo aquilo que a gente não se lembra de ter visto um dia, talvez se possa ver depois por algum viés da lembrança. Talvez dar órbita de hoje aos olhos daquele dia. E é assim que vejo finalmente os pés do meu amigo, pelo rabo do olho da lembrança. Vejo mas não sei como são; são pés refratados dentro da água turva, impossíveis de julgar".

Com extremo rigor construtivo, duas histórias parecem crescer paralelamente, idênticas e diversas. Em alguns momentos, intencionalmente ambíguos (dois pés, dois assaltos, duas malas), elas se tocam, tornando a trama mais enigmática. A reiteração dessas ambiguidades *turva* a leitura. Obviamente, tal efeito é resultado de uma disciplina verbal, fruto da elaborada trama ficcional de um autor competente que consegue embaraçar os fios do discurso e aprisionar o leitor.

III

Compreender *Estorvo* é, antes de mais nada, um exercício de reconstrução do passado do personagem, descobrir a razão de tantos estranhamentos e o porquê desse estado permanente de indeterminação do sujeito. O personagem principal não tem nome — como aliás nenhum dos outros —, mas é possível recompor uma série de elementos de sua biografia. A história passa-se no Rio de Janeiro (fala-se em zona sul, túneis, praia) e narra o processo de desagregação de um jovem de classe média alta que, depois de um casamento frustrado com uma antropóloga, envolve-se, pouco a pouco, com contrabandistas e traficantes de drogas.

O ponto crucial do enredo, o tempo da ruptura, é situado pelo protagonista "cinco anos atrás" e desencadeia uma série de mudanças numa vida até então absolutamente normal. Tal reviravolta parece estar relacionada à briga entre ele e seu único amigo. Certa noite, jantavam na varanda do sítio, quando o amigo embriagado, sem mais nem menos, começou a dizer: "Você é um bosta". E num surto esquerdista típico do final dos anos 1960 — o que confere à cena certa graça patética —, o amigo diz que ele deve renunciar às terras, enfrentar a família, as leis e os governos, e passa a convocar aos berros: "Venham os camponeses", para uma plateia atônita, formada pelo caseiro, pelo jardineiro, pela cozinheira e por suas respectivas famílias. Quando as coisas se acalmam, ambos voltam para a cidade. O protagonista, anos depois, relembra: "Há cinco anos, devo ter largado a cancela aberta e nunca mais ninguém a veio fechar. [...] Abandonei e esqueci isto aqui durante cinco anos".

Voltemos à briga e aos seus desdobramentos. Já na cidade, nessa mesma noite, ambos vão a uma festa, num apartamento de cobertura, onde o protagonista conhece uma antropóloga, que o amigo não achou "grandes coisas": "Eu não discuti, nunca discuti com ele. Mas antes de dormir fiquei pensando que ele podia às vezes não estar com tanta razão. Casei com a antropóloga no mês seguinte, vivi trancado com ela quatro anos e meio, e nunca mais soube do meu amigo".

Paira sobre a relação de amizade uma sugestão de homossexualismo — a indeterminação sexual é decisiva para o entrecruzamento das ambiguidades que articulam o livro —, que o casamento abrupto interrompe. Porém o casamento acarreta não apenas um rompimento com o amigo, mas um contínuo abandono do mundo exterior, das relações sociais mais cotidianas, como trabalhar ou atender telefone. Ficamos sabendo, posteriormente, que a mulher fez um aborto, que começou a trabalhar e que certo dia propôs a separação. Ele teve de deixar a casa.

Essa homossexualidade reprimida, soterrada na crise de identidade do personagem, emerge em várias outras passagens do livro, como numa das vezes em que vai urinar: "Algo me inibe. É como se a mão que segura o pau não me pertencesse. Vem-me a sensação de ter ao lado alguém invisível segurando o meu pau. Agito aquela mão, articulo os dedos, altero a empunhadura, tomo consciência da minha mão, mas agora é como se eu manipulasse o pau de um estranho à minha frente" (seria curioso comparar essa passagem de *Estorvo* com o poema de Roberto Schwarz "Mão no pau", publicado no Folhetim, *Folha de S.Paulo*, 1 dez. 1985; o estranhamento está pau a pau).

Uma análise mais pormenorizada poderia levantar outros elementos importantes, como a figura autoritária do pai, um militar já falecido (referência às fardas), e a crueldade com que as figuras femininas são tratadas: a irmã sofreu um estupro, a ex-mulher fez um aborto, a irmã de um antigo conhecido é paralítica, a magrinha viciada e, por último, há a própria mãe com quem não existe comunicação ou encontro. Noutro momento, quando sente desejo sexual pela ex-mulher, admite que é um contrassenso, pois ela "chora da cabeça aos pés, os pés contorcidos para dentro e as mãos arrancando os cabelos, num espasmo que me deixa espantado, um espanto que aumenta o meu desejo. Eu não queria desejar uma mulher assim arrebentada. E se ela me vir neste estado, vai achar que é de propósito".

Vista agora sob novo ângulo, a construção da história se desenvolve em dois planos: o psicológico e o social. O primeiro parece estar no centro do olho mágico; o segundo, nas bordas. Embora o artesanato e os malabarismos verbais despertem a atenção do leitor para um universo absurdo, Chico escreveu um romance realista, em sintonia com técnicas e recursos antirrealistas: daí talvez a trama descontínua, procedendo por saltos. Seria recomendável que o leitor detivesse o olhar onde a narrativa prossegue e avançasse onde ela se interrompe.

É o imbricamento do desequilíbrio psicológico progressivo com o desajuste social que dá suporte e ordena estruturalmente a história. Após uma sequência de fracassos, o protagonista, em queda aberta, envolve-se com o tráfico de drogas e passa a transitar, como um pária, entre dois mundos: a ordem burguesa e a marginalidade. Esta é a razão da equação formal montada pela narrativa: *identidade é identificação*? Não pertencendo a nenhum setor da sociedade, o protagonista é definido existencial e socialmente: ele é um bosta, um estorvo.

Como havia dito, há no livro uma dimensão social que se vê pelas bordas, nos comentários sobre as relações sociais: "Meu pai tinha talento para gritar com os empregados; xingava, botava na rua, chamava de volta, despedia de novo, e no seu enterro estavam todos lá. Eu, se disser 'há quantos anos, meu tio', pode ser que ofenda, porque é outro idioma". Sobre a política dos votos, no sítio, uma menina veste em momentos diferentes duas camisetas com inscrições: num momento "Só Jesus Salva", e em outro a cara de um deputado.

O humor é um outro recurso adotado pelo autor, responsável pela presença em surdina do aspecto social. O preconceito racial, por exemplo, irrompe em alguns trechos, mesclando igualmente o tom cômico e humilhante, como no episódio em que o pai manda o porteiro, que ouvia o horóscopo, desligar o rádio: "Nunca se viu empregado ligar para astrologia, ainda por cima crioulo, que nem signo tem. O porteiro achou aquilo a coisa mais engraçada. Vendeu o rádio e passou meses rindo muito e repetindo 'crioulo não tem signo, crioulo não tem signo'".

O texto também formula inversões curiosas. A casa da irmã, situada no topo da cidade, é uma pirâmide de vidro cravada no meio de um jardim botânico em miniatura. O projeto arquitetônico requer o máximo de transparência e contato com a natureza, mas está sitiado num condomínio fechado e com forte aparato de segurança. Já no sítio, a paisagem está devastada e a violência penetrou no campo através de grupos organizados, tráfico de drogas e a tecnologia da sucata. A cidade é uma falsa reserva ecológica, e o campo, uma terra devastada. A sociedade brasileira parece estar prestes a conquistar uma proeza: cosmopolitismo da violência e comunismo da miséria.

IV

A etimologia de "estorvo" apresentada na abertura do livro reforça a ideia de circularidade da narrativa. Como num círculo perfeito, a obra não pode desenhar seu fim, este se confunde com o começo. Exatamente por isso, nas últimas páginas, por uma fresta do sentido, é que se revela com extrema sutileza a identidade do homem que está do outro lado do olho mágico: é o delegado que investigou o assalto na casa da irmã; é ele que no último capítulo abana a cabeça e sai do campo de visão do protagonista. (Outro ponto importante: na cena inicial, o homem que está do outro lado do olho mágico veste "terno, gravata e tem os cabelos escorridos até os ombros". Isto confere com a descrição do delegado, único personagem masculino, que traz "os cabelos atados num breve rabo de cavalo".) A carpintaria é perfeita. Só uma releitura pode resgatar os detalhes que passaram despercebidos, rebobinar imagens que deslizaram discordantes e reintegrá-las ao olho demoníaco da vertigem.

Estorvo foi escrito como quem atira uma pedra ao lago e turva as águas do sonho. O olho mágico vai nos deixando ver cada vez mais à medida que os onze capítulos — pequenos círculos — se expandem serialmente até a margem final do relato. Porém, a monotonia da repetição e os ondeios ritmados da prosa são simultâneos à ampliação do campo de visão: ondas concêntricas compõem o círculo da família, dos amigos, da cidade, do campo, para depois se confundirem, todos, nas águas paradas do nonsense. Quem permanecer na superfície do texto, na turvação do enredo policial, pode se decepcionar, achar que falta algo. Porém, a essa altura, o mais importante é que a pedra chegou ao fundo.

José Cardoso Pires

UMA PEREGRINAÇÃO EM RITMO ALUCINADO*

De há muito, para mim, que escrever é uma busca de identidade — o trabalho de alguém que, através das personagens e da escrita, procura uma identificação consigo próprio, com a realidade vivida e com a língua em que se exprime.

Este romance de Chico Buarque, logo à primeira leitura, afirma-se como uma demonstração exemplar disso mesmo. *Estorvo* é, quanto a mim, uma peregrinação alucinada em demanda das raízes perdidas, através dum percurso existencial povoado de assombro e de solidão. Aqui todas as funções de equilíbrio das estruturas sociais — família, amizade, poder — perdem sua consistência formal logo ao primeiro embate e entram em ruptura quando o olhar do protagonista (e do escritor) se prolonga sobre elas.

É o estorvo, esse olhar. Invade a paisagem com a inocência perversa dum personagem à deriva, um personagem facultativo que se desloca desesperadamente à procura de um instante de paz e de coerência. Alguém que se aproxima e que se demora, e quanto mais se demora mais se vê escorraçado e traído pela realidade que abordou. É isso o estorvo. Essa presença que deambula por

* *Jornal de Letras*, Lisboa, 13 ago. 1991.

um mundo em esclerose e que o descobre envolvido, por vezes, numa imagem mitômana de si mesmo e declaradamente instalado em máscaras de sedução. Um mundo declaradamente resignado, também, aos fatalismos que o subjugam porque a insegurança e o crime que o envolvem, a droga e as evasivas, a cumplicidade e a traição, são o pão dourado cotidiano dessa sociedade que foge a interrogar-se com medo de se reconhecer. Reconhecer-se é um estorvo à sua trajetória natural.

Neste livro, a paisagem do inferno desenha-se muitas vezes com retalhos do paraíso — a paz familiar duma certa ordem da burguesia. Mas a terrível novidade é que, sempre que o olhar os penetra, os rostos deformam-se e a unidade fragmenta-se e sangra. À visão imediata e à primeira harmonia sucede-se o estilhaço de morte; é assim que em Chico Buarque as relações reais adquirem uma dimensão de caos ou de pesadelo acelerado.

Por trás disso (ou por dentro disso) está um Brasil, um Rio de Janeiro que à primeira abordagem se insinua em moldura de telenovela mas que imediatamente deflagra em conflitos de terror. E há um terrível golpe de frio a percorrer todo o espaço humano que nele se condensa: alianças e confrontações, amor e morte, tudo ali é assumido com a impotência gelada dum fatalismo social. A maconha, a violação ou a impunidade são afinal os "estorvos" secundários duma vida social que procura seu cantão de doce vida.

Será fácil, penso eu, associarmos uma impetuosa carga onírica a este romance de Chico Buarque: a própria estrutura da narrativa induz a essa aproximação com todas as rupturas do espaço cartesiano que ela nos traz e com toda a *découpage* violenta em que se processa o seu desenvolvimento. E também, penso eu, ocorrerá a muitos leitores recordarem-se de Kafka pelo insólito realismo que a define.

Sim, tudo isso é possível numa obra tão inesperada, inconforme e tão internamente densa e calculada como esta. Só que a visão nova do real que ela nos transmite é alheia de qualquer dessas referências porque se faz independentemente dos jogos de símbolos que num ou noutro caso são os fundamentos essenciais da narrativa. Não. A metamorfose de Chico Buarque é demasiado pessoal para se acomodar a esses paralelismos, por muito honrosos que eles lhe sejam. Além disso, em *Estorvo* todo o movimento descritivo se faz ao contrário do processo kafkiano, ou seja, de fora para dentro. É um olhar que incide no real objetivo para depois o descobrir imensamente desconforme e desfigurado na sua organização.

Como na escrita, de resto. Em *Estorvo*, percebe-se que o modo de narrar se processa por um embate imediato desenvolvido em aproximações sucessivas; a busca da frase, da palavra, desenvolve-se através dum movimento de apropriações objetivas — e daí resulta uma prosa visual que não cede à metáfora tentadora nem à elongação poética, por mais poeta que seja o seu autor.

É, pois, essa unidade, essa convergência do modo de olhar como o modo de escrever, que tornam mais raro e mais feliz este livro. Concebê-lo assim, tão liberto e arrojado, tão agressivo na sua forma de contar, tão despido de equilíbrio e ao mesmo tempo tão coeso e tão sóbrio na sua alucinação premeditada, concebê-lo assim, repito, é que o torna um ato de coragem criadora e uma realidade efetivamente viva na nova literatura de língua portuguesa.

"Sei que estás em festa, pá", escreveu um dia Chico Buarque a todos nós no mês de abril de 1974. Nós neste novembro de 1991 devolvemos-lhe a saudação e confessamo-nos também em festa por este livro que ele nos trouxe do outro lado do Atlântico.

Sobre *Estorvo*

NA IMPRENSA: NACIONAL

COELHO, Marcelo. "Crítica do livro *Estorvo*". *Folha de S.Paulo*, São Paulo, 3 ago. 1991.

COSTA, Caio Túlio. "Sobre dessintonias e sintonização". *Folha de S.Paulo*, São Paulo, 11 ago. 1991.

FRANCIS, Paulo. "Chico chique". *O Estado de S. Paulo*, São Paulo, 22 ago. 1991.

OLINTO, Antônio. "Literatura brasileira em três livros". *Tribuna da Imprensa*, Rio de Janeiro, 4 set. 1991.

RATTNER, Jair. "Crítica do livro *Estorvo*". *Folha de S.Paulo*, São Paulo, 16 nov. 1991.

NA IMPRENSA: INTERNACIONAL

ANTOLIN RATO, Mariano. "Un post existencialista que viene de Brasil". *El Mundo*, Madri, 14 nov. 1992.

BAUDINO, Mario. "Come Ulisse ma in sogno". *La Stampa*, Roma, 14 maio 1992.

BIGNARDI, Irene. "Fuochi fatui a Rio". *La Repubblica*, Roma, 1 jul. 1992.

BLUM, Daniel. "Gespenstische Fratzen am Wegesrand: Chico Buarque beschreibt die Flucht eines Namenlosen". *Szene*, Hamburgo, out. 1994.

BRAVO, Roberto. "Hecho Tropical". *Revista de Libro*, Cidade do México, jan. 1993.

CARDAMONE, Emanuelea. "La novità letteraria della stagione". *Nostro Verde*, Roma, 25 maio 1992.

DE ESPAÑA, Ramón. "El derrumbe: La revelación de Chico Buarque como novelista". *El País*, Barcelona, 21 nov. 1992.

DIECKMANN, Rolf. "Gewalt und Gefühle". *Stern*, 29 set. 1994.

DIEDERICHSEN, Detlef; SEILER, Anne. "Warum reden alle über Brasilien?". *Prinz*, set. 1994.

FAIRWEATHER, Natasha. "Fertile abyss of anarchy". *The Times*, Londres, 23 jan. 1993.

GIULIETTI, Maria Laura. "Chico Buarque dal samba alla letteratura". *Il Tempo*, Roma, 26 maio 1992.

HERNANZ, Beatriz. "*Estorbo*, Chico Buarque". *ABC Literario*, Madri, 4 dez. 1992.

HETZEL, Peter. "Rio radikal". *Marie Claire*, Frankfurt, out. 1994.

HOWARD, Gerald. "Speaking Desperanto". *New York Times*, Nova York, 5 maio 1993.

OSWALDO CRUZ, Gilda. "Brasil en sueño: Una novela del cantautor brasileño Chico Buarque". *El Observador: Libros*, Madri, 25 fev. 1993.

PIACENTINO, Giuseppe. "*Disturbo*, anzi distruzione". *Il Giornale*, Roma, 19 jul. 1992.

SPIGA, Vittorio. "Come Ulisse nei ghetti di Rio: um uomo in fuga sullo sfondo di uma città spettrale". *Il Resto del Carlino*, Roma, 24 maio 1992.

VON BRUNN, Albert. "Der Tod des Malandro: Chico Buarques Toman *Der Gejagte*". *Orientierung*, Zurique, 15 set. 1994.

VON HARBOU, Knud. "… es gibt keine Tatsachen, es gibt nur Geschichten". *Buchjournal*, Frankfurt, out. 1994.

ZINTZ, Karin. "Alptraum ohne Ort". *Stuttgarter Nachrichten*, Stuttgart, 19 set. 1994.

TEXTOS EM REVISTAS ACADÊMICAS

BERTOLAZZI, Federico. "O olhar do homem côncavo: *Estorvo* de Chico Buarque". *Linguagens: Revista de Letras, Artes e Comunicação*, Rio Grande, v. 1, n. 1, pp. 25-33, 2012.

BOLOGNIN, Renan Augusto Ferreira; OLIVEIRA, Vânia Cristina de. "O *Estorvo*, de Chico Buarque de Holanda, e a globalização". *Falange Miúda: Revista de Estudos da Linguagem*, Boa Vista, v. 6, n. 1, pp. 163-81, 2021.

BRANDÃO, Márcia de Oliveira Reis. "Metamorfoses no espaço em *Estorvo*, de Chico Buarque: Mesmos lugares, diferentes sentidos". *Olho d'água*, São José do Rio Preto, v. 3, n. 2, pp. 70-9, 2011.

BRITO, Leonardo Octavio Belinelli de. "O Brasil contemporâneo em dois romances de Chico Buarque". *Plural: Revista do Programa de Pós-Graduação em Sociologia da USP*, São Paulo, v. 23, n. 1, pp. 108-27, 2016.

COMERLATO, Luísa Pellegrini. "Opacidades e perspectivas em *Estorvo*: uma análise do primeiro romance de Chico Buarque". *Mafuá*, Florianópolis, n. 26, 2016.

DELMASCHIO, Andréia. "Um estorvo na pirâmide de vidro". *Contexto: Revista do Programa de Pós-Graduação em Letras da UFES*, Vitória, n. 19, pp. 27-59, 2011.

IGNÁCIO, Ewerton de Freitas. "A cidade da *flânerie*, do vazio e da errância em *Estorvo*, de Chico Buarque". *Nau Literária*, Porto Alegre, v. 8, n. 1, 2012.

PESSOA, Marcelo. "*Estorvo*: Uma crônica interrompida". *Revista Eletrônica História em Reflexão*, Dourados, v. 2, n. 3, 2008.

REBELLO, Ilma da Silva. "Identidades em ruínas: Uma leitura de *Estorvo*, de Chico Buarque". *Soletras*, São Gonçalo, v. 7, n. 14, 2007.

TESES E DISSERTAÇÕES

PAZ, Ravel Giordano. *Estações #
encruzilhadas: O inferno e o sonho,
a música e o mundo nos romances de Chico
Buarque*. Campinas: Universidade
Estadual de Campinas, 2001.
Dissertação (Mestrado em Literatura
Brasileira).

PEREZ, Tania Maria de Mattos. *Imagem,
memória e alegoria na ficção de Chico
Buarque*. Niterói: Universidade Federal
Fluminense, 2014. Tese (Doutorado
em Estudos de Literatura).

REIS, Mírian Sumica Carneiro. *Náusea
e absurdo: O existencialismo em* Estorvo.
Feira de Santana (BA): Universidade
Estadual de Feira de Santana, 2010.
Dissertação (Mestrado em Literatura
e Diversidade Cultural).

ROCHA, Riviane Medino da. *A máscara
irônica da personagem de* Estorvo *de
Chico Buarque*. São Paulo: Pontifícia
Universidade Católica de São Paulo,
2007. Dissertação (Mestrado em
Literatura e Crítica Literária).

SOARES, Luiz Felipe Guimarães. Estorvo
e outros estorvos. Florianópolis:
Universidade Federal de Santa
Catarina, 1996. Dissertação (Mestrado
em Literatura Brasileira).

Sobre o autor

Francisco Buarque de Hollanda nasceu no Rio de Janeiro, em 19 de junho de 1944. Dois anos depois, mudou-se com os pais, o historiador e sociólogo Sérgio Buarque de Hollanda e Maria Amélia Cesário Alvim, e os irmãos para São Paulo, onde o pai passou a atuar como diretor do Museu do Ipiranga. Em 1953, Chico e a família se mudam novamente, dessa vez para a Itália, onde moram por dois anos.

No final da década de 1950, influenciado pelo lançamento do disco *Chega de saudade*, de João Gilberto, o jovem Chico começa a compor e a tocar violão. Para além da música, ele se dedica à literatura: aos dezessete anos publica suas primeiras crônicas no jornal da escola, o Colégio Santa Cruz. Em 1963, ingressa na Faculdade de Arquitetura e Urbanismo da Universidade de São Paulo (FAU-USP), mas abandona o curso três anos depois para se dedicar à música. Aos vinte anos, em 1964, sobe a um palco pela primeira vez, para apresentar "Tem mais samba", música feita sob encomenda para o musical *Balanço de Orfeu*.

Compositor, cantor e ficcionista, Chico Buarque é autor das peças *Roda viva* (1968), *Calabar*, escrita em parceria com Ruy Guerra (1973), *Gota d'água*, com Paulo Pontes (1975), e *Ópera do malandro* (1979). Sua estreia na literatura foi com a novela *Fazenda Modelo* (1974), seguida do livro infantil *Chapeuzinho Amarelo* (1979). Ao publicar *Estorvo* (1991), seu primeiro romance, Chico se consagrou como um dos grandes prosadores brasileiros. Dele, a Companhia das Letras também lançou *Benjamim* (1995), *Budapeste* (2003), *Leite derramado* (2009), *O irmão alemão* (2014), *Essa gente* (2019) e *Anos de chumbo* (2021). Em 2019, Chico Buarque venceu o prêmio Camões pelo conjunto da obra.

Copyright © 1991 by Chico Buarque
Copyright da fortuna crítica © by Benedito Nunes, Roberto Schwarz, Sérgio Sant'Anna, Marisa Lajolo, Augusto Massi e José Cardoso Pires. Todos os esforços foram feitos para contatar os detentores dos direitos autorais de Benedito Nunes e José Cardoso Pires. Os editores ficarão contentes de corrigir, em edições futuras, erros ou omissões que vierem a ser apontados.

Grafia atualizada segundo o Acordo Ortográfico da Língua Portuguesa de 1990, que entrou em vigor no Brasil em 2009.

CAPA E PROJETO GRÁFICO
Raul Loureiro

REVISÃO
Angela das Neves
Erika Nogueira Vieira

Os personagens e as situações desta obra são reais apenas no universo da ficção; não se referem a pessoas e fatos concretos, e não emitem opinião sobre eles.

Dados Internacionais de Catalogação na Publicação (CIP)
Câmara Brasileira do Livro, SP, Brasil

Buarque, Chico
    Estorvo : Romance / Chico Buarque — 3ª ed. — São Paulo :
Companhia das Letras, 2021.

    ISBN 978-65-5921-311-5

    1. Romance Brasileiro I. Título

21-77921   CDD-B869.93

Índice para catálogo sistemático:
1. Ficção : Literatura brasileira B869.93
Cibele Maria Dias – Bibliotecária – CRB-8/9427

[2021]
Todos os direitos desta edição reservados à
EDITORA SCHWARCZ S.A.
Rua Bandeira Paulista, 702, cj. 32
04532-002 — São Paulo — SP
Telefone: (11) 3707-3500
www.companhiadasletras.com.br
www.blogdacompanhia.com.br
facebook.com/companhiadasletras
instagram.com/companhiadasletras
twitter.com/cialetras

Esta obra foi composta em Caslon
por Raul Loureiro e impressa
em ofsete pela Geográfica sobre papel
Pólen Bold da Suzano S.A. para a
Editora Schwarcz em outubro de 2021

A marca FSC® é a garantia de que a madeira utilizada na fabricação do papel deste livro provém de florestas que foram gerenciadas de maneira ambientalmente correta, socialmente justa e economicamente viável, além de outras fontes de origem controlada.